每天读一点 | 世界动物文学名著

丛林传奇

Cong Lin Chuan Qi

【英】罗德亚德·吉卜林/著

济南出版社

图书在版编目(CIP)数据

丛林传奇/(英)吉卜林著;铃兰改编.—济南：
济南出版社,2015.8(2024.7重印)
(每天读一点.世界动物文学名著.第2辑)
ISBN 978-7-5488-1741-3

Ⅰ.①丛… Ⅱ.①吉…②铃… Ⅲ.①童话—英国—近代 Ⅳ.①I561.88

中国版本图书馆 CIP 数据核字(2015)第198416号

责任编辑　史　晓
装帧设计　周　倩

出版发行　济南出版社
地　　址　济南市二环南路1号(250002)
经　　销　新华书店
发行热线　0531-67817923　86922073
编辑热线　0531-86131741
印　　刷　山东华立印务有限公司
版　　次　2015年9月第1版
印　　次　2024年7月第15次印刷
成品尺寸　148mm×210mm　32开
印　　张　6.5
字　　数　100千
定　　价　19.80元

(济南版图书,如有印装错误,请与出版社联系调换　电话:0531-86131736)

【特别推荐】

最原始的爱

《丛林传奇》是英国最负盛名的作家之一——罗德亚德·吉卜林的短篇小说代表作,也是其最受读者欢迎和影响最广泛的作品。

故事讲述了一个刚刚学会走路的小男孩无意之中闯入一个狼穴,这个狼穴住着狼妈妈、狼爸爸和四只小狼崽儿,他们一下子喜欢上了这个浑身光溜溜的小男孩,称他为青蛙莫格里。

不料在这时,老虎谢尔汗过来说莫格里是他找到的食物,要吃掉莫格里。为了保护莫格里,狼爸爸一家带着莫格里参加狼群的例行会议,在狼群中采用表决的方式,决定是否将莫格里送给老虎当食物。结果，包括狼爸爸一家、棕熊巴鲁、黑豹巴希里等在内的大部分动物都不同意把莫格里送给谢尔汗，巴希里还把自己的猎物拿出来，用以交换莫格里的性命。于是，莫格里得到狼群和其他动物的保护，成了狼爸爸家的一员。

莫格里会走路的时候，开始跟着棕熊巴鲁、黑豹巴希里学习丛林法律，他很聪明，很快掌握了丛林法律，并且学会了如何听懂许多种动物的语言。有一次，莫格里无意中与猴子们一起玩耍，被他们掳到一个无人的弃城。为了救莫格里，巴鲁与巴希里差点丢掉性命。此后，莫格里对自己的这些老师言听计从。

几年之后，狼首领阿克拉老了，狼群在豺塔巴克和老虎谢尔汗的鼓动下，故意给阿克拉设下陷阱，致使阿克拉没有征服自己的猎物。按照狼族法则，阿克拉必须辞掉首领职位，或被年轻的狼杀死，或自己孤独老去。这时，在巴鲁的指导下，莫格里帮助阿克拉战胜了老虎和妄图造反的狼群，保住了阿克拉的性命。但是，莫格里也在狼族待不下去了。他被迫离开，回到人类社会。

重新回到人类社会的莫格里，成了人们眼中的异类，他不会说话，不喜欢睡在屋子里，喜欢与狼亲密交流……老虎谢尔汗来寻找离开狼群保护的莫格里报仇，莫格里利用自己放养的水牛群成功将谢尔汗杀死。这件事在村子里引起了极大的轰动。因为看不惯老猎人布尔迪的霸道，莫格里顶撞并得罪了他。村子里的好多人在布尔迪的鼓动下，把莫格里当成了魔鬼，一起要赶他走。这样，莫格里在人类社会也待不下去了。

莫格里既不能回到狼群，也不能生活在人类社会，他选择一个人生活。从此，他成了一个自食其力的自由民。

然而，村子里的居民并没有放过莫格里，要将他和养过他的米苏亚夫妇处死。莫格里忍无可忍，发动丛林居民对村庄发起进攻。村民们被迫背井离乡，另谋生路。

在这篇故事中，通篇都在讲述一个关于爱的故事，狼群对莫格里的无私保护，使得他像一只真正的狼一样学习、生活、成长。还有那些真心帮助他的动物，让他一次次化险为夷，并且从中学到许多道理。干旱来临的时候，食肉动物与食草动物暂时相安无事，禁止在取水处狩猎，动物世界呈现出空前的和谐。后来，为了回报米苏亚夫妇对他的爱，莫格里前往村庄救助米苏亚夫妇。在这个过程中，莫格里和他们结下了深厚的友谊。这种毫无功利性质的爱，才是最原始、最纯真、最宝贵的人间大爱。

目　录

第一章　莫格里的狼兄弟 / 001

1. 在印度西奥尼大山深处，住着一家狼，他们对于外面的世界是什么反应呢？

2. 一个刚学会走路的光屁股娃娃无意中闯入一个狼穴，没想到老虎谢尔汗却来告诉狼说，这是他的食物，他要吃掉这个小娃娃……

3. 按照法律，所有狼崽儿都要经过狼群的会议检阅，才能正式成为狼群的一员。莫格里会得到大家的认可吗？

4. 不知不觉，莫格里在狼群里度过了十多年的快乐时光。他都学到了些什么呢？

5. 狼首领阿克拉老了，捕猎时失了手，这意味着他再也不能当首领了。一直受他保护的莫格里因此受到群狼的攻击……

丛林传奇

第二章　蟒蛇凯里 / 045

1. 莫格里跟巴鲁学习丛林法律时的表现又是怎样的呢？

2. 莫格里正在给巴鲁、巴希里背诵丛林口令时，突然被两只班达拉猴子挟持，猴子带着他飞奔而去……

3. 巴鲁和巴希里眼看追不上掳走莫格里的猴子，只好找蟒蛇凯里帮忙。凯里会答应帮助他们去救莫格里吗？

4. 猴子们把莫格里绑架到一座废弃的宫殿，正当他们得意扬扬时，搭救莫格里的巴鲁、巴希里和凯里赶到了……

第三章　老虎　老虎 / 095

1. 莫格里离开狼群以后，在人类中能够适应吗？他过得快乐吗？

2. 莫格里被头人派到野外放牛，而谢尔汗也在寻找机会杀死他，他会有什么遭遇呢？

3. 杀死老虎的莫格里，虽然替村民除了一害，但由于他顶撞了村里人的头领，被当成怪物再次被驱逐。哪里才是莫格里的栖身之处呢？

第四章　恐惧是怎么来的 / 131

1. 有一年，丛林中发生了大旱，所有的植物都干死了，动物们为了生存，不得不实行取水休战令……

2. 在宣布取水休战令后，当所有动物都聚集在和平岩附近取水时，那会是个什么情形呢？

3. 野象哈蒂给大家讲述了关于恐惧的古老传说。

第五章　丛林吞噬村庄 / 165

1. 逃回丛林的莫格里才安心地待了两天，猎人布尔迪就来杀他了。

2. 莫格里去村里救受自己牵连的米苏亚夫妇，他会顺利吗？

3. 莫格里为了复仇，要将村庄的村民全部赶走，他会得到丛林主宰者哈蒂的同意吗？

第一章

莫格里的狼兄弟

夜幕降临，
老鹰兰恩高声尖叫，
蝙蝠芒格开始狂欢，
马、牛、羊群都被关进了牛棚和茅屋，
它们早已进入梦乡。
我们自由自在地在夜间出没，直到黎明。
这是耀武扬威的时刻，大家各显身手，
尖牙、利爪、巨钳一齐进攻。
啊！听那呼唤声——祝大家狩猎成功，
遵守丛林法律的全体生灵！

——《丛林夜歌》

丛林传奇

1

在印度西奥尼大山深处,住着一家狼,他们对于外面的世界是什么反应呢?

在印度西奥尼大山深处,住着一窝相亲相爱的狼——狼爸爸、狼妈妈和四只狼崽儿。勇猛善战的狼爸爸是这个狼家庭的主心骨,他不但与狼妈妈共同哺育着四只狼崽儿,还承担着整个印度狼群的组织狩猎与协调工作。

在一个温暖舒适的晚上,狼爸爸从睡梦中醒来,他伸了伸懒腰,打了个哈欠,把爪子一只一只

第一章 莫格里的狼兄弟

舒展开来，仿佛要通过这样的动作，把整个肢体唤醒似的。

此时，已是晚上七点钟了，狼爸爸已经睡了整整一天了。

他感觉皮毛里有些发痒，便用前爪浑身上下抓挠了一通，直到感觉不到瘙痒了为止。

银色的月光倾泻下来，照亮了狼一家居住的山洞。

狼妈妈醒了，但还是懒洋洋地躺在那儿，四只狼崽儿滚来滚去小声尖叫着，狼妈妈把她那灰色的大鼻子埋在他们身上，闻着他们身上熟悉的味道，感到幸福极了。

"喂！亲爱的，"狼爸爸说，"我该打猎去了！"

狼爸爸正想纵身跳下山去，一个长着蓬松大尾巴的小个子身影挡住了洞口，用献媚的声音说道："祝您好运，狼先生，愿您高贵的孩子们好运相伴，长一副坚固的白牙齿，好让他们一辈子也不会忘记这世界上还有挨饿的。"

说话的是那只豺——专门舔食残羹剩饭的塔巴克。这里的狼都看不起塔巴克，因为他喜欢到处招摇撞骗，耍心眼、斗计谋、搬弄是非，在附近村里的垃圾堆里找破布和烂皮子吃。但是他们也怕他，因为塔巴克比丛林里任何一个动物都更容易犯疯病，他一犯病，就忘了他过去曾经多么害怕别人，他会在森林里横冲直撞，遇见谁就咬谁。就连老虎遇上犯疯病的小个子塔巴克的时候，也会连忙逃开躲起来，因为野兽们觉得犯疯病是最丢脸的事儿。我们管这种病叫"狂犬病"，可是动物们管它叫"狄沃尼"——也就是"疯病"，碰上了便赶紧逃开。

"好吧，进来瞧瞧吧！"狼爸爸板着脸说，"可是这儿什么吃的也没有，但愿你不要失望。"

"在一只狼看来，的确是没有什么可吃的。"塔巴克说，"但是，对于像我这样一个微不足道的家伙，也许一根干巴巴的骨头就是一顿美餐了。我们这些豺民很容易满足，怎么可能挑挑剔剔挑肥拣瘦的呢？"

说完，塔巴克贼头贼脑地快速钻进狼洞的最里端，在那里找到一块上面还带点肉筋的公鹿骨头，他一屁股坐下来便美滋滋地啃了起来。

不一会儿，塔巴克就把那根骨头啃得干干净净了。他舔着嘴唇说："多谢大王赐予的这顿美餐，您家高贵的孩子们长得多漂亮呀！他们的眼睛又大又亮，而且才这么小，就出落得这么英俊！说真的，我早就知道，大王家的孩子从一出生开始就像男子汉。"

其实，塔巴克完全明白，当面恭维别人的孩子，在动物界是最忌讳的事，他看见狼爸爸和狼妈妈一副不自在的样子，心里可得意了。

塔巴克一动不动地坐在那里,为他干的坏事而高兴,接着他又不怀好意地说:"大头领谢尔汗把狩猎场挪了个地方,从下个月起他就要在这附近的山里打猎了。这是他告诉我的。"

谢尔汗就是住在十公里外韦根加河畔的那只老虎。

"他没有那个权利!"狼爸爸气呼呼地开了口,"按照丛林的法律,他不预先通知是没有权利更换狩猎场地的。他会惊动方圆十里之内的所有猎物的。可是我……唉!我最近一个人还得猎取双份的食物呢!"

这时,狼妈妈接过话茬儿,慢条斯理地说道:"谢尔汗的母亲管他叫'瘸腿',不是没有原因的。"狼妈妈顿了顿接着说:"他从生下来就瘸了一条腿,所以,他一向都只捕杀农民的耕牛。现在,谢尔汗早已把韦根加河一带村子里的老百姓惹得冒火了,他又到咱们这儿来,想惹我们这里的村民冒火。他这只老虎只会给我们带来麻烦。只要他来到这里,村民们准会到丛林里来搜捕他,还会点火烧茅草,害得我们和我们的孩子无处藏身,只好离开这儿。哼,当我们无家可归时,那就是拜谢尔汗所赐,真得感谢他!"

塔巴克没听出母狼说的是反话,接口说:"要我向他转达你们的感激吗?"

"滚出去!"狼爸爸大声怒喝道,"滚去和你的主子一块打猎吧!这一晚你干的坏事已经够多了!"

"我这就走,"塔巴克不慌不忙地说,"你们好好听听,应该可以听得见,谢尔汗这会儿正在下面林子里走动,即使我不给你们捎信也是事实。也许,我压根不该给你们捎信来。"

狼爸爸侧耳细听,果然听见下面通往一条小河的河谷里,有只气冲冲的老虎在发出单调粗鲁的"哼哼"声。显然,这只老虎什么也没有逮着,他好像一点也不在乎,不断地哼哧着,哪怕全丛林都知道他没有捕到猎物。

"傻瓜!"狼爸爸轻蔑地说,"刚开始干活就这么吵吵嚷嚷的!难道他以为我们这儿的公鹿都像他原来住的地方那些养得肥肥的韦根加小公牛一样蠢吗?"

第一章 莫格里的狼兄弟

"嘘！他今晚捕猎的不是小公牛，也不是公鹿，"狼妈妈说，"他捕猎的是人。"

这会儿，老虎谢尔汗的"哼哼"声变成了低沉震颤的"呜呜"声，仿佛来自四面八方。这种吼声常常会把露宿的樵夫和吉卜赛人吓得晕头转向，有时候会使那些人惊慌失措地跑反了方向，把自己送到老虎嘴里。

狼爸爸龇着满口大白牙说："人？唉！难道池塘里的甲壳虫和青蛙还不够谢尔汗吃的，非要吃人不可吗？而且，还要在我们这块地盘上？"

动物界也有自己约定俗成的规则，他们制定的丛林法律的每条规定都是有一定原因的，这里的丛林法律禁止任何一种野兽吃人，除非他是在教他的孩子如何捕杀猎物，即使那样，他也必须在自己管辖的兽群或者部落的捕猎场地以外的地方去捕猎。这条规定的真实原因在于：如果杀了人，就意味着迟早会招来骑着大象、带着枪支的白人，和几百个手持铜锣、火箭和火把的棕褐色皮肤的人。到那时，住在丛林里的所有兽类就会全部跟着遭殃。而兽类自己对这条规定是这样解释的：因为人是生物中最软弱和最缺乏自卫能力的动物，所以猎杀人类是不公正的行为。他们还说，而且说得一点也不假——吃人的野兽的毛皮会长癞痢，他们的牙齿也会脱落。

丛林传奇

谢尔汗的"呜呜"声越来越响,后来变成了老虎扑食时特有的一声洪亮的吼叫。

接着是谢尔汗发出的一声哀嚎,一声很缺乏虎气的哀嚎。

"他没有抓住,"狼妈妈听到谢尔汗的哀嚎,觉得很奇怪,说道,"怎么会这样呢?"

狼爸爸随即跑出山洞几步远,他听见谢尔汗在矮树丛里跌来撞去,嘴里怒气冲冲地嘟囔个不停。

狼爸爸哼了一声,回头对洞里的狼妈妈说:"这傻瓜竟然蠢得跳到一个樵夫的篝火堆上,把脚烫伤了。还有,刚刚在我们这找肉吃的塔巴克也跟他在一起。"

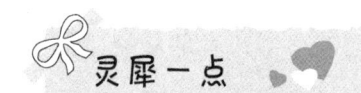

灵犀一点

任何生物群体都有自己约定俗成的规则,狼群也不例外。只有遵守规则的动物,才能得到本族群的庇护。

2

一个刚学会走路的光屁股娃娃无意中闯入一个狼穴,没想到老虎谢尔汗却来告诉狼说,这是他的食物,他要吃掉这个小娃娃……

"有什么东西上山来了,"狼妈妈的一只耳朵抽搐了一下,说道,"做好准备!"

树丛的枝条"簌簌"响了起来,狼爸爸蹲下身子,准备往上跳。接着,你要是注意瞧他的话,你就可以看见世界上最了不起的事——狼爸爸在向空中一跃时,半路上收住了脚。原来他还没有看清要扑的目标就跳了起来,接着,他又设法停了下来。其结果是,他跳到四五尺高的空中,几乎又落在他原来起跳的地方。

"人!"狼爸爸猛然说道,"是人类的小娃娃,瞧呀!"

丛林传奇

　　一个刚学会走路的小娃娃，全身赤裸，棕色皮肤，握住一根低矮的枝条，正站在他面前。狼爸爸从来没有看到过这样一个娇嫩且张开笑脸的小生命，在这样的夜晚，在这样的时刻来到狼窝。

　　那个小娃娃再次抬头望着狼爸爸的脸，笑了。

　　"那是人类的小娃娃吗？"狼妈妈问道，"我还从来没有看过呢！把他叼过来吧！"

　　狼一直是习惯于用嘴叼自己的小狼崽儿的，他们叼东西的水平很高，如果需要的话，可以边跑边跳，嘴里叼一只蛋却不会把它咬碎。于是，狼爸爸轻轻地咬住小娃娃的背部，当他把小娃娃放在狼崽儿中间的时候，那个小娃娃的身上竟然连一点皮都没有被狼牙擦破。

　　"这么小啊！你看他浑身光溜溜的，皮肤好滑呀！啊，

第一章 莫格里的狼兄弟

这小娃娃胆子可真大呀!"狼妈妈柔声说道。

小娃娃使劲往狼崽儿中间挤过去,想靠近暖和的狼皮。

"你看你看,这个小娃娃竟然跟咱们的狼崽儿一块儿吃起来了。原来这就是人的娃娃!谁听说过一只狼的小崽儿们中间会有个人的小娃娃呢?"

"很久之前,我听说过这样的事,可是,要说发生在我们的狼群里,在我们自己的狼窝里,在我有生之年还是头一次。"狼爸爸说道,"你看,那个小娃娃的身上没有一根毛,我用脚一碰就能把他踢死。可是你瞧,他抬头望着咱们,一点也不害怕。"

洞口的月光被什么挡住了,狼爸爸转身一看,原来是那只瘸腿老虎——谢尔汗那方方的大脑袋和宽肩膀堵住了洞口。

塔巴克跟在他身后尖声叫嚷道:"我的老爷,谢尔汗大王,我的老爷,那个小孩就是从这儿进去的。"

"承蒙谢尔汗赏脸光临,"狼爸爸说,可是他的眼睛里充满了怒气,"谢尔汗突然来到我家,想要什么呢?"

"我要我的猎物。有一个人娃娃跑到这儿来了,"谢尔汗说,"他的爹妈都跑掉了,把他给我吧。"

正像狼爸爸先前说的那样,刚才谢尔汗跳到了一个樵夫点燃的篝火堆上,把脚烧伤了,他痛得暴跳如雷,正没处撒气呢!

但是,狼爸爸知道洞口很窄,老虎进不来。就像这会儿,谢尔汗的肩膀和前爪被挤得没法动弹,好像一个成年人在一只木桶里打架一样,那种滋味一想便知。

"狼是自由的动物,"狼爸爸义正词严地说道,"我们只听狼群头领的命令,不会随便听哪个身上带条纹的、专门宰杀牲口的家伙的话。这个人娃娃是我们的——要是我们愿意杀他,我们自己会杀的。"

"什么你们愿意不愿意!那是什么话?我凭杀死的公牛起誓,难道真要我把鼻子伸进你们的狗窝来找回本该属于我的东西吗?听着,这是我谢尔汗在说话!"老虎谢尔汗更加生气了,他的咆哮声像雷鸣一般,震动了整个山洞。

狼妈妈放下自己的崽子们,纵身跳上前来,她的眼睛在黑暗里像两个绿莹莹的月亮,直冲着谢尔汗闪闪发亮的眼睛。

"这是我,是拉克夏(魔鬼)在回答。这个人娃娃是我的,瘸鬼,他是我的!谁也不许杀死他!我要他活下来,跟狼群一起奔跑,跟狼群一起猎食。走着瞧吧,你这个猎取赤裸裸的人娃娃的家伙,你这个吃青蛙、杀鱼的家伙,总有一天,他会来捕猎你的!你现在马上给我滚开,否则我凭杀掉的大公鹿起誓,呃,我向来不吃饥饿的牲口,我可要让你比你出世时瘸得更厉害地滚回你妈那儿

第一章 莫格里的狼兄弟

去。你这丛林里挨火烧的野兽！滚开！"

狼爸爸惊异地、呆呆地望着狼妈妈。他几乎已经忘记了几年前的那段时光，那时他和五只狼经过奋勇决斗，大获全胜才得到了狼妈妈的欢心。她那时在狼群里被称作"魔鬼"，那可完全不是随便说的恭维话。谢尔汗也知道，他也许能和狼爸爸对着干，却没有办法对付狼妈妈。

谢尔汗心里很明白，在这里母狼占据了有利地形，一旦打起来，她一定会与自己拼个你死我活，那时，自己一定占不到便宜。

于是，谢尔汗低声咆哮着，退出了洞口。到了洞外，他才大声嚷嚷道："每条狗都会在自己的院子里'汪汪'乱叫，我们等着瞧，看看狼群对于收养人娃娃怎么说吧。这个人娃娃是我的，总有一天他会落进我的牙缝里来的，哼，蓬松尾巴的贼！"

狼妈妈气喘吁吁地躺倒在崽儿们中间。狼爸爸沉思了一下，认真地对她说："谢尔汗说的倒是实话。人娃娃一定得带出去让群狼看看。你还打算收留他吗？"

"收留他！"母狼气呼呼地说，"这个可怜的人娃娃是在黑夜里光着身子、饿着肚子、孤零零一个人来到这儿。可是他一点不害怕我们，一见面就对着我们微笑！你瞧，他已经把我的一个小崽儿挤到一边去了。那个瘸腿的刽子手只会杀了他,然后逃到韦根加,而村里的人就会来找我们报仇,把我们的窝都搜遍的!收留他?我当然收留他!好好躺着,不要动,小青蛙。喂,你这个莫格里——我要叫你青蛙莫格里。现在,谢尔汗捕猎你,将来有一天,将会是你去捕猎谢尔汗。"

"可是,我们的狼群会怎么说呢?"狼爸爸理智地问道。

丛林的法律十分明确地规定,任何一只狼结婚的时候,可以退出他从属的狼群。但是,一旦他的崽儿长大到能够站立起来的时候,他就必须把他们带到狼群大会上去,让别的狼认识他们。这样的大会一般是在每个月月圆的那一天举行。经过检阅之后,崽儿们就可以自由自在地到处奔跑。在崽儿们第一次杀死一头公鹿以前,狼群里的成年狼决不能用任何借口杀死一只狼崽儿。如果有人犯了此规,只要抓住凶手,狼群会立即把他处死。所以,你只要动动脑子稍稍加以思索,就会明白必须这么做的道理。

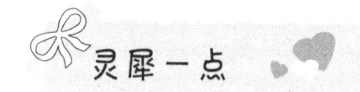

灵犀一点

狼妈妈救了莫格里。正义的力量是伟大的,正直、善良是优秀的品质。

第一章 莫格里的狼兄弟

3

按照法律，所有狼崽儿都要经过狼群的会议检阅，才能正式成为狼群的一员。莫格里会得到大家的认可吗？

不知不觉，那个被母狼称为莫格里的人娃娃在狼洞里与那些小狼崽儿们一起生活了几个月。现在，那些狼崽儿

不但睁开了眼睛，偶尔还会被洞口的光亮所吸引，从幽暗的狼洞深处蹒跚地爬到洞口看看外面的世界。每当这时，母狼都会很小心地照看着他们，生怕这些孩子一不小心摔出洞去。

渐渐地，小狼崽儿们已经不满足在洞口观望，他们试探着来到洞外，外面的世界一下子展现在他们眼前，他们顿时感觉周围的森林简直大到无边无际。他们的眼界更开阔了，时常在洞外嬉戏打闹，喜欢你追我赶，甚至一只蝴蝶也会让他们追逐半天。追逐也许是他们的本能吧。

现在，他们已经走得很稳了。狼爸爸等到他的狼崽儿们稍稍能跑点路的时候，决定带他们出去与群狼行见面礼。就在举行狼群大会的那天晚上，狼爸爸带上自己的孩子以及被取名为莫格里的人娃娃，还有狼妈妈，一同来到狼群每个月开会的大岩石上。

那是一个由石块和巨岩组成的小山头，山顶很平坦，大大小小的石头经过多年沉积，相互支撑排列，非常坚固和宽敞，在那里连一百只狼也盛得下。独身大灰狼阿克拉，不论是力气还是智谋方面都算得上是全狼群的首领，这会儿他正直挺挺地躺在他素日最喜欢的岩石上。在他下面蹲着四十多只有大有小、毛皮颜色不同的狼，有能单独杀死一只公鹿的、长着獾一样颜色毛皮的老狼，还有自以为也能杀死一只公鹿的三岁年轻黑狼……

孤狼阿克拉当这个狼群的首领已有一年了。他在年轻的时候曾经两次掉进捕狼的陷阱，还有一次他被人狠揍了一顿，昏了过去，被当成死狼扔在一边，所以他很了解这个地区人类的风俗习惯。

在会议岩上大家都很少吭声。狼崽儿们在他们父母围坐的圈子中间互相打闹，滚来滚去。

首领阿克拉在他那块岩石上开始大声喊道："大家都知道咱们的法律。仔细瞧瞧吧！仔细瞧瞧咱们的新成员，狼群诸君！"

各家各户的狼父母开始把从没露面的狼崽儿推到狼群中间的大岩石上，银色的月亮把每只狼崽儿都照得清清楚楚。有些眼花的老狼甚至会走上前来，围着狼崽儿仔细看看，然后才回到原来的位置。

最后的时刻到了，狼妈妈颈上的鬃毛竖了起来，狼爸爸把人娃娃"青蛙莫格里"推到圈子中间。莫格里坐在那里，一边笑着，一边玩着几颗在月光下闪闪发亮的鹅卵石。

阿克拉一直没有把头从爪子上抬起来，他只是不停地喊着那句单调的话："好好瞧瞧吧！大家看仔细了，狼群诸君！"

就在这时，岩石后面响起了一声瓮声瓮气的咆哮，那是谢尔汗在叫嚷："那人娃娃是我的，把他还给我！自由的兽民要一个人娃娃干什么？"

阿克拉连耳朵也没有抖动一下，只是说："好好瞧瞧吧，狼群诸君！自由的兽民只听从自由兽民的命令，别的什么命令都不听。好好瞧瞧吧！"

狼群中响起了一片低沉的嗥叫声，显然大家看清了狼妈妈推上前的是个人娃娃，都吃了一惊，大家虽然以前也曾听说过，但亲眼所见还是头一次。

众狼一时语塞，不知道该如何表达才好。这时，一只只有四岁的年轻狼用谢尔汗提出过的问题责问阿克拉："自由的兽民要一个人娃娃干什么？"

丛林的法律规定，如果狼群对于某个崽儿被接纳的资格产生了争议，那么，除了他的爸爸妈妈，至少得有狼群的其他两个成员为他说话，他才能被接纳入狼群。

"谁来替这个娃娃说话？"阿克拉问，"自由的兽民里有谁出来说话？"

没有人回答。

狼妈妈做好了战斗的准备，她知道，如果事情发展到非得搏斗一场的话，这将是她这辈子的最后一次战斗。

这时，唯一被允许参加狼群大会的异类动物巴鲁用后脚直立起来，开始说话了。他是只老是打瞌睡的棕熊，专门教小狼崽儿们丛林法律。巴鲁可以自由地来去，因为他只吃坚果、植物块根和蜂蜜。

"啊！是人娃娃？人娃娃！"他说道，"我来替人娃娃说话。虽然我笨嘴拙舌，不会说话，但是我说的是实话。人娃娃不会伤害谁，让他跟狼群一起奔跑好了，让他跟其他狼崽儿一块参加狼群的活动，我自己来教他怎么做一只合格的狼。"

棕熊话音刚落，一个黑影跳进圈子里，这是黑豹巴希里，他浑身的皮毛是黑的，可是在亮光下就显出波纹丝绸一般效果的豹斑。

大伙都认识巴希里，谁都不愿意招惹他。因为他像塔巴克一样狡猾，像野水牛一样凶猛，像受伤的大象那样不顾死活。可是，他的嗓音像树上滴下的野蜂蜜那么甜润，他的皮毛比绒毛还要柔软。

"噢，阿克拉，还有诸位自由的兽民，"他愉快地柔声说道，"我没有权利参加你们的大会，但是丛林的法律规定,如果对于处理一个新崽儿有了疑问,而又不到把他杀死的地步,那么这个崽儿的性命是可以用一笔价钱买下来的。法律并没有规定谁有权买,谁无权买。我的话对吗?"

"好哇!好哇!"那些经常饿肚子的年轻狼喊道,"让巴希里说吧。这娃娃是可以赎买的,这是法律规定。"

"我知道我在这儿没有发言权,所以我请求你们准许我说话。"

"说吧!"二十多只狼异口同声地喊了起来。

"杀死一个手无寸铁的赤裸裸的娃娃是可耻的,何况他长大了也许会给你们捕到更多的猎物。巴鲁已经为他说了话,现在,除了巴鲁的话,我准备再加上一头公牛,一头我刚刚捕杀的肥肥的大公牛,来换这个人娃娃的安全。那头大公牛就在离这儿不到半里地的地方,只要你们按法律规定接受这个人娃娃。怎么样,这事难办吗?"

几十只狼乱哄哄地嚷道:"我同意!有什么关系呢?这个人娃娃也许会被冬天的雨淋死,甚至他会被太阳烤焦的。一只光身子的青蛙能给我们带来什么损害呢?让他跟狼群一起奔跑吧!公牛在哪里,巴希里?我们接纳他吧!"

接着响起了阿克拉低沉的喊声:"好好瞧瞧吧!大家瞧仔细了——好好瞧瞧,狼群诸君!"

莫格里还在一心一意地玩着鹅卵石,他一点也没留意

第一章 莫格里的狼兄弟

到一只接着一只的狼跑过来仔细端详他。后来,他们全都下山去找那头死公牛去了,只剩下阿克拉、巴希里、巴鲁和莫格里自己家里的狼。

老虎谢尔汗仍然不停地咆哮。他十分恼怒,因为狼群没有把莫格里交给他。

"哼,就让你吼个痛快吧,"巴希里在胡子掩盖下低声说道,"总有一天,这个赤裸裸的家伙会让你换一种腔调号叫的,否则就算我对人的事情一无所知了。"

"这件事办得不错,"阿克拉说道,"人和他们的娃娃是很聪明的,用不了几年,他很可能会成为我们得力的帮手。"

"不错,到急需的时候,他真能成个帮手。因为谁都不能永远当狼群的头领。"巴希里说。

阿克拉没有继续回话。他在想,每个兽群的领袖都有年老体衰的时候,他会愈来愈衰弱,直到最后被狼群杀死,于是会出现一个新的头领。然后,又轮到这新的头领被杀死。

"带他回去吧,"阿克拉对狼爸爸说,"一定要把他训练成一个合格的自由兽民。"

于是莫格里就这样凭着一头公牛的代价和巴鲁的话被接纳进了西奥尼的狼群。

丛林传奇

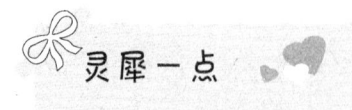

灵犀一点

莫格里在正义的棕熊巴鲁和黑豹巴希里的力保下，成为狼群中的一员。有时候，看似与己无关的人也能主宰自己的命运。

4

不知不觉,莫格里在狼群里度过了十多年的快乐时光。他都学到了些什么呢?

时间过得好快,转眼十多年过去了。

现在,请你的思维跟着跳过十多年的时间,发挥你的想象力,去猜想一下这些年里莫格里在狼群中是如何度过自己的童年生活的。这十多年,莫格里与狼群发生了许多故事,假如要把这段生活全部写出来,估计好几本书也写不全。

莫格里和狼崽儿们一块成长起来了,因为狼的平均寿命只有十二至十八年,所以,在莫格里还是孩子的时候,狼崽儿们就已经变成成年狼了。

狼爸爸教给莫格里各种本领,让他熟悉丛林里一切事

物的含义，直到草儿的每一声响动，夜间的每一股温暖的风，头顶上猫头鹰的每一声啼叫，在树上暂时栖息片刻的蝙蝠脚爪的抓挠声，一条小鱼在池塘里跳跃发出的溅水声……莫格里都能明明白白地分辨清楚，就像一个商人对他办公室里的事务一样熟悉。

莫格里在不学习的时候，就待在阳光下睡觉、吃饭，吃完又睡。当他觉得身上脏了或者热了的时候，他就跳进森林深处的溪水中去游泳。巴鲁告诉他，蜂蜜和坚果像生肉一样美味可口，所以，莫格里想吃蜂蜜的时候，就会找到蜂窝，然后爬上树去取。

莫格里是跟着巴希里学会从树上取蜜的。开始，巴希里躺在一根树枝上，对着他喊："来吧，小兄弟！"最初，莫格里还没掌握爬树技巧，总是害怕掉下来，只能像只懒熊一样死死抱住树枝不动。慢慢地,他开始靠攀爬移动身体了,能从这个树杈爬到那个树杈。到了后来,他已经能在树枝间攀缘跳跃,像灰人猿一样灵巧大胆了。

狼群开大会的时候,莫格里也会参加。他发现一件有趣的事情:如果他死死地盯着某一只狼看,那只狼就会因为躲闪他的目光而被迫低垂下眼帘,所以他常常紧盯着他们,借以取乐。有时候他又帮他的朋友们从他们脚掌上拔出长长的刺,因为扎在狼的毛皮里的刺和尖尖的石头硌使他们非常痛苦。黑夜里他就下山走进耕地,非常好奇地看着小屋里那些与自己长相相似的村民们。

但是,莫格里不信任人。因为有一次,巴希里曾经指给他看一只在丛林里隐蔽得非常巧妙的装有活门的方闸子,他差点儿走了进去,巴希里告诉他,那是陷阱。他最喜欢和巴希里一块进入幽暗温暖的丛林深处,懒洋洋地睡上一整天,晚上看巴希里怎么捕猎。

巴希里饿了的时候,见到猎物便会出手捕杀。莫格里也和他一样,但只有一种猎物他们是不杀的,那就是牛。在莫格里刚刚懂事的时候,巴希里就告诉他,永远不要去碰牛。因为他是用一头公牛为代价加入狼群的。

巴希里告诉他说:"整个丛林都是你的,只要你有力气,爱杀什么都可以,不过看在那头赎过你命的公牛份上，你绝对不能杀死或吃掉任何一头牛，不管是小牛还是老牛。这就是丛林的法律。"莫格里心悦诚服地答应了。

于是，莫格里像别的男孩一样茁壮成长起来。他很快长大了，他不知道像他这么大的别的男孩其实学了很多东西。而他活在世上，除了吃的东西以外，根本不用为别的事操心。

狼妈妈曾有一两次对莫格里说，一定要提防谢尔汗这个家伙。还对他说，有一天，你一定要杀死谢尔汗。对于这样的叮嘱，就算是一只年轻的狼也会时时刻刻记在心里，莫格里却把它忘了，因为他毕竟只是个小男孩，而不是真正的狼。不过，如果要他自己来向所有物种表白，他只会把自己叫作狼的。

莫格里常常在丛林里遇见谢尔汗。随着狼群头领阿克拉越来越年老体衰，瘸腿老虎就和狼群里那些年轻的狼交上了朋友，那些年轻的狼根本不懂规矩，他们跟在谢尔汗后面吃他剩下的食物。如果阿克拉严格行使他的职权的话，他是决不会允许他们这么做的。

谢尔汗还经常挑拨离间，吹捧那些跟在他身后的年轻狼，说自己感到奇怪，为什么这么出色的年轻猎手会心甘情愿让一头垂死的老狼和一个人娃娃来领导他们。谢尔汗还说："我听说你们在大会上都不敢正眼看他。"那些年轻

第一章 莫格里的狼兄弟

的狼也不喜欢莫格里盯着他们看,听了谢尔汗的话,都气得毛发竖立,咆哮起来。

巴希里的消息十分灵通,这件事他也知道一些,有一两次他十分明确地告诉莫格里说,总有一天谢尔汗会杀死他的。莫格里听了总是笑笑,满不在乎地说:"我有狼群,有你,还有巴鲁,虽说他懒得很,但也会为我助一臂之力的。我有什么可以害怕的呢?"

巴希里听了摇摇头,不无担忧地看着他,不再说话。

在一个非常暖和的日子里,巴希里有了一个新的想法,这是在他听到一件事后想到的,也可能是豪猪伊基告诉他的。巴希里叫上莫格里来到丛林深处,莫格里头枕在巴希里漂亮的黑豹皮上,躺在那里,无忧无虑地看着天上的云彩。

巴希里看看莫格里，郑重其事地对他说："小兄弟，我对你说谢尔汗是你的敌人，说过多少次了？"

"你说过的次数跟那棵棕榈树上的硬果一样多！"莫格里回答道，他当然是不会数数的，仍然漫不经心地问道，"什么事啊？巴希里，我困了。谢尔汗不就是个尾巴长、爱吹牛、跟孔雀莫奥一样的蠢货吗？"

"可是，现在不是睡大觉的时候。这事儿巴鲁知道，我知道，狼群知道，就连那只傻得要命的鹿也知道。而且，塔巴克也告诉过你了。"

"哈哈！这事呀！"莫格里大笑道，"前不久，那只讨厌的豺——塔巴克来找我，他毫不客气地说我是个赤身裸体的人娃娃，不配去挖花生。可是，我一把拎起他的尾巴朝棕榈树上甩了两下，教训了他一顿，让他规矩点。"

"你干了蠢事，塔巴克虽说是个捣鬼的家伙，但是他能告诉你一些和你有很大关系的事。把眼睛睁大些吧，小兄弟。谢尔汗是不敢在森林里杀死你的。但是你要记住，阿克拉已经太老了，他没法杀死鹿的日子很快就要到来了。那时，他就当不成头领了。在你第一次被带到大会上的时候那些仔细端详过你的狼也都老了。而那帮年轻的狼听了谢尔汗的话，都认为狼群里是不应该有人娃娃的地位的。不久，你就该长大成人了。"

第一章 莫格里的狼兄弟

"长大成人又怎样?难道长大了就不该和我的兄弟一块奔跑吗?"莫格里说,"我生在丛林。我一向遵守丛林的法律。我们狼群里不管哪只狼我都帮他拔出过爪子上的刺,他们当然都是我的兄弟啦!"

巴希里伸直了身体,眯上了眼睛。"小兄弟,"他说,"摸摸我的下巴颏。"

莫格里伸出他棕色的强壮的手,在巴希里光滑的下巴底下,在遮住几大块肌肉的厚厚的毛皮那里,有一块光秃秃的地方。

"丛林里谁也不知道我巴希里身上有这个记号——戴过颈圈的记号。小兄弟,我是在人群中间出生的,我的母亲也死在人群中间,死在奥德普尔王宫的笼里。就是因为这个缘故,当你还是一个赤身裸体的小娃娃的时候,我在大会上为你付出了那笔价钱。是的,我也是在人群中间出生的,我那时从来没有见过森林。他们把我关在铁栏杆后面,用一只铁盘子喂我。直到有一天晚上,我觉得我是黑豹巴希里,不是什么人的玩物。我用爪子一下子砸开了那把没用的锁,就离开了那儿。正因为我懂得人的那一套,所以我在森林中比谢尔汗更加更怕。你说是不是?"

"是的!"莫格里说,"森林里谁都怕你,只有我莫格里不怕。"

"你呀，你真是人的小娃娃，"黑豹温柔地说，"就像我终归回到森林来一样，如果你在大会上没有被杀死，你最后也一定会回到人类那儿去，回到你的兄弟们那儿去的。"

"可是为什么，为什么他们想杀死我？"莫格里问道。

"望着我。"巴希里说。莫格里死死地盯住了他的眼睛，只过了半分钟，黑豹就把头扭过去了。

"原因就在这里，"巴希里挪动着踩在树叶上的爪子说，"就连我都没法用眼睛正面与你对视，我还是在人们中间出生的，而且我还是这么爱你呢！小兄弟，你必须清楚一点，别的动物恨你，因为他们的眼睛不敢正面瞧你的眼睛，因为你聪明，因为你能替他们挑出脚上的刺，因为你是人！"

第一章 莫格里的狼兄弟

"我以前一点也不懂得这些事情。"莫格里紧皱着两道浓黑的眉毛,有些生气地说。

"什么是丛林的法律?先动手再出声儿。他们就是因为你大大咧咧,才看出你是个人。你可得聪明点啊!我能感觉到,如果下一次阿克拉没有逮住猎物——现在每一次打猎他都要费更大的劲才能逮住一头公鹿了,狼群就会起来反对他,你就跟着遭殃了。他们就会在会议岩那儿召开丛林大会,那时……那时……有了!"巴希里跳起来说道,"你快下山到山谷里人住的小屋里取一点他们种在那儿的红花来,那样,到时候你就会有一个比我、比巴鲁、比狼群里更爱你的那些伙伴都更有力量的朋友了。去取来红花吧!"

巴希里所说的红花,指的是火。不过丛林里的动物都不知道它的名字叫火。所有的动物都怕火怕得要命,他们创造了上百种方式来描绘它。

"红花?"莫格里说,"那不是傍晚时候在他们的小屋外面开的花吗?我去取一点回来。"

"这才像人娃娃说的话,"巴希里骄傲地说,"它是种在盆里的。快去拿一盆来,放在你身边,以便在需要的时候用它。"

"好!"莫格里说,"我这就去。不过,你有把握吗?我的巴希里。"

莫格里转身伸出胳膊抱住巴希里漂亮的脖子,深深地盯着他的眼睛说:"你肯定这一切全都是谢尔汗挑动起来的吗?"

"我凭着使我得到自由的那把砸开的锁起誓,我敢肯定是他干的,小兄弟。"巴希里点点头,肯定地说。

"好吧,我凭着赎买我的那头公牛发誓,一定要为这个跟谢尔汗算总账。或者我还要多算一点呢!"莫格里说完,转身便蹦蹦跳跳地跑远了。

"这才是人呢,完完全全是个大人了。"巴希里自言自语地说,又躺了下来。

"哼!谢尔汗呀,从来没有哪次打猎比你在十多年前捕猎青蛙那回更不吉利的了!"

莫格里已经远远地穿过了森林。他飞快地奔跑着,心情非常急切。

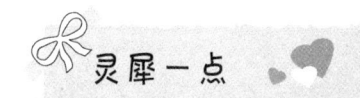

灵犀一点

学会了丛林法律的莫格里,开始懂得用头脑思考问题,知道自己终究是与动物有些不同之处了。人善于思考问题,这点是高于动物的。

第一章 莫格里的狼兄弟

5

狼首领阿克拉老了，捕猎时失了手，这意味着他再也不能当首领了。一直受他保护的莫格里因此受到群狼的攻击……

傍晚薄雾升起时，莫格里已回到了狼穴。他喘了口气，向山谷下面望去。狼崽儿们都出去了。可是狼妈妈还待在山洞里面，她一听喘气声就知道她的青蛙在为什么事儿发愁。

"怎么啦，儿子？"

"是谢尔汗胡扯了些蠢话，"莫格里回头对狼妈妈大声说，"我今晚要到耕地那儿去打猎。"

狼妈妈没有阻拦莫格里。莫格里穿过灌木丛，跳到下面山谷谷底的一条河边。他在那里停住了脚步，因为他听见狼群狩猎的喊叫声,听见一头被追赶的大公鹿的吼叫声和它陷入困境后的喘息。然后就是一群年轻狼发出的不怀好意的刻薄号叫声:"阿克拉!阿克拉!让孤狼来显显威风,给狼群的头领让开道!跳吧,阿克拉!"

孤狼准是跳了,却没有逮住猎物,因为莫格里听见他的牙齿咬了一个空,然后是大公鹿用前蹄把他蹬翻在地时他发出的一声惨叫。

莫格里不再听下去了,只顾向前赶路。当他跑到村民居住的耕地那儿时,背后的叫喊声渐渐听不清了。

"巴希里说对了。"他在一间小屋窗外堆的饲草上舒舒服服地躺下,喘了口气说,"明天,对于阿克拉和我都是个重要的日子。"

然后,莫格里把脸紧紧贴近窗子,瞅着炉子里的火。他看见农夫的妻子夜里起来往火里添上一块块黑黑的东西;到了清晨,白茫茫的大雾笼罩下来,寒气逼人,他又看见那个农夫的孩子拿起一个里面抹了泥的柳条罐,往里面添上烧得通红的东西,然后把柳条罐塞在自己身上披的毯子下面,就出去照顾牛栏里的母牛去了。

"原来这么简单!"莫格里说,"如果一个小孩儿都能捣鼓这种东西,那又有什么可怕的呢?"

于是,莫格里迈开大步转过屋角,冲着男孩子走过去,从他手里夺过罐子。男孩儿还没看清他的面目，就吓得大哭起来，莫格里趁机转身跑了出去，消失在浓浓的大雾中。

"他们长得倒挺像我，"莫格里一边模仿刚才他看见的女主人做的样子吹着火，一边说，"要是我不喂点东西给它吃，这玩意儿就会死的。"于是他在这火红的东西上面扔了些树枝、干树皮。

他在半山腰遇见了巴希里，清晨的露珠像月牙石似的在他的皮毛上闪闪发光。

"阿克拉没有抓住猎物，"黑豹巴希里说，"他们本想昨晚就杀死他的，可是他们想连你一块杀死。刚才，他们还在山上到处找你呢！"

"我到耕地那里去了，我已经准备好了。瞧！"莫格里举起了装火的罐子。

"好！我见过人们把一根干树枝扔进那玩意里去，一会儿，干树枝的一头就会开出红花来。你不怕吗？"

"我不怕，干吗要怕呢？我记起来了——不知道这是不是一场梦——我记得我变成狼以前，就常常躺在红花旁边，那儿又暖和又舒服。"

那天，莫格里一整天都坐在狼穴里照料他的火罐，放进一根根干树枝，看它们烧起来是什么样子。他找到了一根使他满意的树枝，有些得意地笑了。

到了晚上，当塔巴克来到狼洞，相当无礼地通知他去会议岩开大会的时候，他放声大笑，吓得塔巴克赶紧逃开。接着，莫格里仍然不住地大笑着来到大会上。

孤狼阿克拉躺在他那块岩石旁边，表示狼群首领的位置正空着。谢尔汗和那些追随他、吃他的残羹剩饭的狼大摇大摆地走来走去，一副得意的神气。巴希里紧挨莫格里躺着，那只火罐夹在莫格里的两膝间。

狼群到齐以后，谢尔汗开始发言——在阿克拉正当壮年的时候，他是从来不敢这么做的。

"他没有权利，"巴希里忍不住悄声对莫格里说道，"你来说吧！他是个狗崽子，他会吓坏的。"

第一章 莫格里的狼兄弟

莫格里跳了起来,大声喊道:"自由的兽民们,难道是谢尔汗在率领狼群吗?我们选头领和一只老虎有什么关系呢?"

"由于头领的位置空着,同时我又被请来发言……"谢尔汗开口说道。

"是谁请你来的?"莫格里紧紧盯着他问,"难道我们都是豺狗,非得讨好你这只宰杀耕牛的屠夫不可吗?谁当狼群的头领,只有狼群才能决定。"

这时,狼群中响起一片叫嚷声——

"住嘴,你这人崽儿!"

"让他发言,他一向是遵守我们的法律的。"

最后,几只年长的狼大吼道:"让'死狼'说话吧!"

当狼群的头领没能杀死他的猎物时,以后尽管他还活着,也被叫作"死狼",而通常这只狼也是活不了多久的。

"自由的兽民们,还有你们,谢尔汗的豺狗们,我带领你们去打猎,又带领你们回来,已经有多少个季节了?在我当头领的时候,从来没有一只狼落进陷阱或者受伤、残废。这回我没有逮住猎物,你们明白这是谁设的圈套。你们明白,是你们故意把我引到一头精力旺盛的公鹿那儿,好让我出丑。你们真聪明哇!干得真漂亮!这会儿你们有权利在会议岩上杀死我。那么,我要问,由谁来结束我这条孤狼的生命呢?丛林的法律规定我有权利让你们一个一个地上来和我打。"

一阵长久的沉默,没有哪一只狼愿意独自上去和阿克拉决一死战。

于是,谢尔汗咆哮起来:"呸!我们干吗理会这个老掉牙的傻瓜?他反正是要死的。倒是那个人娃娃活得太久了!自由的兽民,他本来就是我嘴里的肉,把他给我吧,我对这种是人又是狼的荒唐事儿早就烦透了。他在丛林里已经惹了十多个春秋的麻烦了。把人娃娃给我,要不我就不走了,我要老是在这里打猎,一根骨头都不给你们留下。他是一个人,是个人娃娃,我恨他,恨到了骨头缝里!"

接着,狼群里一半以上的狼都跟着谢尔汗起哄并大声嚷嚷着:"一个人!一个人!人跟我们有什么关系?让他走,让他回他自个儿的地方去!"

"你们想让他招来所有村里的人反对我们吗?"谢尔汗咆哮道,"不,把他给我!他是个人,我们谁都不敢正眼盯着他瞧。"

阿克拉再次抬起头来说道:"他跟我们一块儿吃食,一块儿睡觉。他替我们把猎物赶过来,他并没有违反丛林的法律。"

"还有当初狼群接受他的时候,我为他付出过一头公牛。一头公牛倒值不了什么,但是巴希里的荣誉可不是件

第一章 莫格里的狼兄弟

小事，说不定他要为了荣誉斗一场的。"巴希里用他最温柔的嗓音说道。

"为了十多年前付出的一头公牛！"狼群咆哮道，"我们才不管十多年前的牛骨头！"

"那么十多年前的誓言呢？"巴希里说道，他掀起嘴唇，露出了白牙，"怪不得你们叫'自由的兽民'呢！"

"人娃娃是不能和丛林的兽民一起生活的，"谢尔汗号叫道，"把他给我！"

"他虽说和我们血统不同，却也是我们的兄弟，"阿克拉说，"你们却想在这儿杀掉他！说实话，我的确活的时间太长了。你们中间有的成了吃牲口的狼。我听说还有一些狼在谢尔汗的教唆下，黑夜里到村民家门口叼走小孩子。所以，我知道你们是胆小鬼，我是在对胆小鬼说话。

我肯定是要死的，我的命值不了几个钱，不然的话，我就会代替人娃娃献出生命。可是，为了狼群的荣誉——这件事，因为你们没了首领，好像已经把它忘记了——我答应你们，如果你们放这个人娃娃回到他自己的地方去，那么，等我的死期到来的时候，我保证连牙都不对你们龇一下。我不和你们斗，让你们把我咬死，那样，狼群里至少有三只狼可以免于一死。我只能做到这一点，别的就无能为力了。可是，如果你们照我说的去做，我就能使你们不至于为杀害一个没有过错的兄弟而丢脸——这个兄弟是按照我们的丛林法律——有人替他说话，并且付了代价赎买进狼群来的。"

"他是一个人——一个人——一个人！"狼群咆哮道，大多数的狼开始聚集在谢尔汗周围，谢尔汗开始晃动起尾巴来。

"现在要看你的了，"巴希里对莫格里说道，"我们除了打以外，没什么别的办法了。"

莫格里直挺挺地站在那里，双手捧着火罐。接着他伸直了胳臂，面对会议岩中央打了一个大呵欠。其实，莫格里的心里充满了愤怒和忧伤，因为那些狼太狡猾，他们从没对他说过他们是多么仇恨他。

"你们听着！"莫格里喊道，"你们不用再闹个没完没了了。今天晚上你们翻来覆去说我是一个人，在这之前，

第一章 莫格里的狼兄弟

其实你们不说的话,我倒真愿意和你们在一起,一辈子做一只狼。我觉得你们说得很对,所以,从今以后,我再也不把你们叫作我的兄弟了,我要像人应该做的那样,叫你们狗。你们想干什么,你们不想干什么,可就由不得你们了,这事全由我决定。为了让你们把事情看得更清楚些,我,作为人,带来了你们这些狗害怕的一小罐红花。"

他把火罐扔到地上,几块烧红的炭块把一簇干苔藓点着了,一下子烧了起来。他举起树枝在头顶上摇晃,周围的狼全吓得战战兢兢。

"你现在是征服者了,"巴希里压低了嗓门对莫格里说道,"救救阿克拉的命吧,他一向是你的朋友。"

一辈子从来没有向谁求饶过的坚强的老狼阿克拉也像遇到救星似的向莫格里看了一眼。赤身裸体的莫格里站在那里,一头黑黑的长发披在肩后,映照在熊熊燃烧的树枝的火光下。许多黑黑的影子随着火光跳动、颤抖。

"好!"莫格里不慌不忙地环视着四周说,"我看出你们的确是狗。我要离开你们,到我的自己人那里去——如果他们是我的自己人的话。丛林再也容不下我了,我必须忘记你们的谈话和友谊。但是,我比你们更仁慈。既然我除了血统以外算得上是你们的兄弟,那么,我答应你们,当我回到人群里成了一个人以后,我决不会像你们出卖我这样把你们出卖给人类。"

莫格里用脚踢了一下火,火星迸了出来:"我们人决不会和狼群交战,可是在我离开以前,还有一笔账要清算。"他大步走到正在糊里糊涂对着火焰眨巴眼睛的谢尔汗身边,抓起他下巴上的一簇虎须。巴希里紧跟在莫格里后面,以防不测。

"站起来,不然我就把你这身皮毛烧掉!"莫格里大声喊道。

谢尔汗的两只耳朵平平地贴在脑袋上,眼睛也闭上了,因为熊熊燃烧的树枝离他太近了。

"刚才,这个专门吃牛的屠夫说,因为我小时候他没有杀死我,他就要在大会上杀我。那么,瞧吧,打你一下,再打你一下,我们人打狗就是这样打的。你敢动一根胡子,瘸鬼,我就把红花塞进你喉咙里去。"莫格里抄起树枝抽打谢尔汗的脑袋,谢尔汗被折磨得"呜呜"哀叫。

"呸!烧掉了毛的丛林野猫,滚开!可是要记住,下一次,当我作为人来到会议岩的时候,我的头上一定披着谢尔汗的皮。至于其他的事嘛,阿克拉可以随便到哪里去自由地生活。不准你们杀他,因为我不允许!我也不愿看见你们再坐在这儿,伸着舌头,好像自己是什么了不起的家伙,其实不过是我想撵走的一群狗。瞧,就这样撵!滚吧!"树枝顶端的火焰燃烧得十分旺,莫格里拿着树枝绕着圈儿左右挥舞,火星点燃了狼的皮毛,他们号叫着逃跑了。

最后,只剩下阿克拉、巴希里,还有站在莫格里一边的十多只狼。接着,莫格里的心里似乎痛了起来,他还没有这么痛苦过,他哽咽了一下,便抽泣起来,泪珠儿滚下了他的面颊。

"这是什么?这是什么?"他问道,"我不愿意离开丛林,我也不知道这是怎么回事。我要死了吗,巴希里?"

"不会的,小兄弟。这只不过是人常流的眼泪罢了。"巴希里说,"现在,我看出你的确是个大人,不再是个人娃娃了。从今以后,丛林的确再也容不下你了。让眼泪往下淌吧,莫格里,这只不过是泪水。"

于是莫格里坐了下来,放声痛哭起来,好像心都要碎了似的。他从出生到现在还没有哭过呢。

"好吧,"莫格里说,"我要到人那里去了。但是,我首先得去跟妈妈告别。"

于是,莫格里来到狼妈妈和狼爸爸住的洞穴,趴在狼妈妈身上痛哭了一场,四个狼崽儿也一块悲悲切切地哭嚎起来。

"你们不会忘掉我吧?"莫格里问道。

"只要能嗅到你的足迹,我们是决不会忘掉你的,"狼崽儿们说,"你做了人以后,可要常常到山脚底下来啊,

丛林传奇

我们可以在那里和你谈天，我们还会在夜里到庄稼地里去找你一块玩。"

"快点来吧，"狼爸爸说，"呃，聪明的小青蛙，快点再来，我和你妈都已经上了年纪了。"

"快点来吧，"狼妈妈说，"我亲爱的光着身子的小儿子。听我说吧，人娃娃，我疼爱你比疼我的狼崽儿们更多些呢！"

"我一定会来的。"莫格里说，"下次我来的时候，一定要把谢尔汗的皮铺在会议岩上。别忘了我！告诉丛林的伙伴们永远别忘了我！"

天即将破晓。莫格里独自走下山坡，去会见那些叫作人的神秘动物。

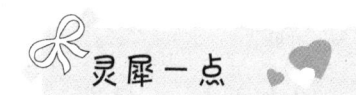

灵犀一点

莫格里最终用人的智慧战胜了谢尔汗，并且保护了阿克拉不被处死。

一个人要想成为大家的领袖，必须比别人更优秀。当你足够强大时，才有能力保护别人，弱肉强食和优胜劣汰永远是动物丛林的生存法则。

第二章

蟒蛇凯里

豹子为花斑而快乐,
水牛凭犄角而得意。
那些皮毛干净、光滑闪亮的动物,
才是猎手中的强者。
假如小牛撞倒了你,小鹿抵伤了你,
不要灰心丧气,对于狩猎者来说多么平常。
不要欺负陌生的小熊仔,他们是你的兄弟姐妹,
别看他胖乎乎的有些笨拙,他们的妈妈可是英雄。
"我是天下第一!"
小熊仔夸下海口,你别嘲笑,让他们到丛林中栽跟头。

——巴鲁的歌谣

1

莫格里跟巴鲁学习丛林法律时的表现又是怎样的呢?

这是发生在莫格里离开西奥尼狼群之前很久的故事,让我们把思维再跳转回莫格里小时候,那时他还没向老虎谢尔汗复仇,巴鲁才刚刚开始教他学习丛林法律。

由于莫格里聪明伶俐,所以他深得巴鲁的欢心。那些狼只喜欢学与狼群有关的部分法律,而适应于所有动物的《捕猎经》却没人喜欢学。每次上《捕猎经》课时,他们只是背诵了字面的意思,就偷偷溜到丛林深处藏起来,只有莫格里从头到尾都在认真地学习。

《捕猎经》的内容其实非常简单:脚步轻盈,目光集中,耳朵倾听,牙齿待命。这便是自由兽民的特征,否则就是他们痛恨的豺狗塔巴克了。

第二章 蟒蛇凯里

有时，黑豹巴希里会迈着懒散的步子穿过丛林，来看看他最喜欢的孩子学习得怎么样。当他听到莫格里对着巴鲁熟练地背诵一天所学的课程时，他会把脑袋倚在树干上，压低声音得意地偷笑。

莫格里爬树的本领与他游泳的技能一样高超，他游泳的本事与奔跑的能力不相上下。丛林法律老师巴鲁便开始单独教他在树林间和水中的有关法则，教他鉴别枯枝与健壮树枝的区别。还教他在离地面十五米的高度遇到蜂窝时如何与野蜂对话；或者中午在树枝上打扰了蝙蝠芒格的好梦时如何向他道歉；还有在跳水前如何向水中的水蛇发出警告，以免它们受到惊扰向他发起进攻等。就像人类一样，没有哪位丛林居民愿意被人打扰，受到打扰的受害者通常都会毫不客气地扑向捣乱者。

此外，莫格里还学会了《涉外捕猎号子》，这种号子必须反复重复得到回应才能停下来，丛林居民只要在自己的领域之外捕猎，都要高声呼喊这种号子。意思是：请允许我在这儿捕猎吧，因为我饿得厉害！回答通常是：只允许为填饱肚子捕猎，不准为嬉戏玩耍而滥杀。

看到这里，我们就知道莫格里要记住多么复杂的东西了吧。像个复读机一样反复重复同样的内容，达上百遍之多，这让他非常厌烦。

有一天，莫格里因为没有背会学习内容而挨了老师巴鲁的巴掌，莫格里控制不住自己，大发脾气。巴希里看到了这一幕，巴鲁对巴希里说："人娃娃就是人娃娃，他必须学会全部丛林法律的内容。"

巴希里考虑了一下说："主要是考虑他太小，如果按照我的方式教育，会惯坏这个孩子的。他那颗小小的脑袋怎么可能记得住那么多内容，记住那么长的句子呢？"

"难道丛林里有什么动物会因为自己个头小而避免被别的动物捕杀吗？没有！从来没有！所以我才教他这么多东西。也正因为如此，他记不住东西时，我才打他，不过打得很轻了，你放心吧！"

"打得很轻？你那只铁砂掌会知道轻重吗？"巴希里哼了一声，撇了撇嘴说，"你今天把他的脸都划破了——还说很轻，哼！"

"宁可让我这个爱他的朋友因为教育他而伤遍他全身，

第二章 蟒蛇凯里

也不要让他因为无知而被其他动物伤害性命。"巴鲁非常诚恳地说,"我现在正在教他丛林中的口令,这些话能保护他不受鸟类、蛇类以及其他一切兽类的伤害,只是不能保护他不受他自己那些狼群的袭击。要是他能牢记这些的话,就能得到丛林中所有动物的保护。为了这个目的,难道挨两下打不值得吗?"

"好吧!好吧!你说得有道理,只是你要注意别把他打得太重了就行。他可不是一根供你磨尖爪子的树桩。那么,你的口令是什么呢?我也许能帮上你的忙呢!"巴希里伸出一只爪子,展开上面蓝黑色的弯爪尖,边欣赏边说,"我想知道那是些什么话。"

"我把莫格里叫来,让他背给你听,那人娃娃还在生气,就是不知道愿不愿意。"巴鲁回头对莫格里说,"过来,小兄弟!"

"我的脑袋在嗡嗡作响,就像身陷一棵住满蜜蜂的树中。"一个微弱而忧郁的声音从他们头顶上方传来,莫格里从树上滑了下来,恼怒地补充道,"我下来看看巴希里,不是看你的,老胖子巴鲁!"

"对我来说是一样的,你就把我今天教给你的丛林口令背给巴希里听吧。"巴鲁表面装着满不在乎的样子,内心还是很难过的,他的神色有些黯然。

莫格里丝毫没有注意到巴鲁老师的情绪,他一下子来了劲头,连忙问道:"是说给谁听的呢?丛林中有许多种语言,我都学会了呢!"

"你不过学了点皮毛而已,怎么算是都学会了呢?你看,巴希里,这孩子对老师没有一点感恩之情,就像我教会的那些小狼崽儿们一样,没有一只回来看望我这个老师,更没有谁回来感激我的。"巴鲁接着说,"莫格里,你就把我今天教你的丛林口令——捕猎者听的话背诵给巴希里听吧。你这个了不起的学者!"

"你我皆出自同一渊源。"莫格里用捕猎者常用的狗熊式腔调说。

"好!说说给鸟儿听的话。"巴鲁又说。

"你我皆出自同一渊源。"莫格里重复了一遍,不过这次句子结尾带出来老鹰鸣叫般的声音。

"再用蛇的话说。"巴希里说。

这次,莫格里的回答是一种完美而无法形容的"咝咝"声。说完,莫格里使劲为自己鼓掌,然后跳到巴希里的背上,侧身坐着,用脚后跟去踢巴鲁那油光发亮的皮毛,还朝巴鲁一个劲地扮鬼脸。

"听见了吧?听见了吧?为了这些知识,让皮肉稍稍受点苦头还是值得的。"巴鲁温柔地说,"将来有一天,你

第二章 蟒蛇凯里

会记起我的。"

然后,巴鲁转身对巴希里讲述了自己如何乞求野象哈蒂讲出这些口令。那只野象知道丛林中所有动物的口令,懂得所有动物的语言。巴鲁还讲述了哈蒂是如何带着莫格里走进一个池塘游泳,从一条水蛇那里学会了蛇的语言,而巴鲁自己却不会说蛇的语言。巴鲁最后满意地说,正因为莫格里学的东西很多,所以他走在丛林中已经非常安全了,因为他会跟其他动物对话,像蛇、野兽、禽类等都不会伤害到他了。

"谁也不用害怕了!"巴鲁拍着毛茸茸的胸脯骄傲地说。

巴希里看到莫格里的进步,由衷地自言自语道:"也只有他自己的那一族是个例外,可以学会这么多种语言。"顿了顿,巴希里对莫格里说:"当心我的肋骨,小兄弟!你这么上下倒腾是要干吗呀?"

原来,莫格里为了让他们专心听自己说话,他抓住巴希里的毛皮使劲踢,等他们都集中注意力听自己讲话时,他才大着嗓门喊道:"我要拥有自己的一族,然后整天带着他们在树林里唱歌、跳跃、奔跑!"

"怎么又冒出这样的想法了?我的超级小梦想家。"巴希里问。

"真的，我们还要用树枝和臭屎球打老巴鲁，"莫格里接着说，"他们这么向我保证过啊！"

"呜呼！"巴鲁叫了一声，就用他那只大大的前掌把莫格里一下子从巴希里的背上拉了下来，莫格里被按在地上，巴鲁用两只前腿夹着他。莫格里这才发现老巴鲁是真的生气了。

"莫格里，你说的是那些搬弄是非的猴子班达拉吗？"巴鲁问。

莫格里朝巴希里望了过去，看他是不是也生气了，只见巴希里神情严肃，眼神严厉得像块石头一般。

"你怎么能跟那些毛猴子长臂猿搅和在一起呢？他们是些不懂规矩无法无天的东西，连吃的东西都不挑选。跟他们在一起，简直是一种耻辱！"

"巴鲁打伤我脑袋的时候，我就逃走了。"莫格里仍然躺在地上说，"只有从树上下来的灰毛猿猴向我表示了同情，除了他们之外，没有任何自由兽民来关心我。"莫格里说完，轻轻抽了抽鼻子。

"受到猴子的同情！"巴鲁轻蔑地说，"那帮家伙只会说山间的小溪不流淌了，说夏日的太阳很凉爽，现在，又对一个人娃娃表示起同情了！"

"不只是这些，还有呢，他们给我吃硬壳果和其他好

吃的东西,他们——他们把我抱在他们胳膊下面,爬上高高的树梢,还说我除了没有尾巴,其他地方与他们一样,是他们的近血缘兄弟,将来有一天,应该做他们的头领。"莫格里如实说道。

"他们根本不要头领,"巴希里说,"他们在撒谎!他们从来就只会撒谎!"

"他们对我非常友善,还邀请我有空再去找他们玩。为什么你们从来不让我跟猴子们一起玩耍呢?他们用两脚站立,我也是这样的。他们不用前掌使劲打我,而且整天都在玩耍。放我下来,巴鲁,你真是个坏蛋!我一定要再去找他们玩的!"莫格里挣扎着说。

"听好了,人娃娃,"巴鲁说道,他的声音很大,洪亮得像炎热夏天的闷雷一样,"我教会你丛林中所有动物的语言和应当遵循的法则——只有住在树上的猴子是个例外。他们根本就没有法律,他们是些没有种姓、没有语言的贱民!他们用的语言是他们藏在树林枝叶后面偷偷学来的。他们的生活方式与我们完全不同,他们没有头领,没有记忆力。他们只会到处吹牛,说自己是丛林中最厉害的动物,要干一番大事业的。但是,只要从树上落下一颗硬壳果子,他们的想法马上就会变成一种玩笑,彻底被他们遗忘。我们这些丛林中的自由居民与他们从不打任何交道,我们不到猴子喝水的地方喝水,不到他们玩耍的地方去散步,也不与猴子在同一领域捕猎,我们甚至不在猴子死的地方安息。难道你以前听我说过这些猴子班达拉了吗?"

"没有,从没听你提起过猴子。"莫格里低声说。

巴鲁说完那一席话后,丛林中出奇地安静。

"丛林居民从来不屑于谈论他们,不愿意考虑他们。他们数目众多,行为不轨,思想肮脏,不知羞耻。假如他们真的能有什么专一的愿望,那就是哗众取宠,希望得到丛林居民的注意。但是,我们不愿意把过多的注意力放在他们身上,于是他们会用硬壳果或脏东西来打我们的脑袋,但我们不会理会他们的。"

第二章 蟒蛇凯里

巴鲁的话还没说完,突然一阵硬壳果和树枝像雨点一样从枝叶之间倾泻下来,他们听到高高的树梢上传来猴子的咳嗽声和叫喊声,甚至还夹杂着愤怒的跺脚声。

巴鲁生气地说:"这些不懂礼貌的猴子,应该禁止他们与丛林居民来往,任何自由兽民都要记住!"

"我……我……我怎么能猜到他会跟那些脏东西玩耍?跟猴子玩!呸!"巴希里说道。

又是一阵"暴风雨"落在他们头上,他们俩带着莫格里走开了。巴鲁关于猴子的说法完全正确,他们是些住在树梢上的居民,由于野兽很少抬头看,所以他们相互不可能有任何来往。但是,猴子们发现一只生病的狼,或者受伤的虎,或者受伤的熊,就会群起而攻之,折磨生病的兽民，也会以向其他经过树下的任何动物投掷硬壳果或者木棍来取乐，希望地上的动物们可以抬头看看，注意到他们。偶尔，他们也会无缘由地大声喊叫、惊呼，用毫无意义的嘶叫引逗丛林中的其他动物爬树，以方便攻击对方。或者他们任意打架斗殴，打死自己的同类后，扔下几只猴子的尸体，以便让别的动物看到。他们永远都准备选出头领，也想制定一套自己的法律，却从来没有付诸行动。因为他们太健忘了，说出来的话回头就忘。他们的口头禅就是："嘿嘿，猴子班达拉现在能想到的，将来就会成为丛林中的现实。"这样自负的说法让猴子们很得意。没有哪只动物会对猴子有好感，也没有什么动物会关注他们，但是现在莫格里公开跟他们一起玩耍，猴子们自然开心不已，而巴鲁与巴希里则有些气恼。

他们无意做更多的事情，也就是说班达拉猴子并没有太多的情趣。只要其中一只猴子产生了什么自以为了不起的想法，就会对其他猴子说，莫格里对大家有用，应该留在猴群里，因为他会把枝条编织在一起，起到挡风的作用。要是他们把莫格里逮住的话，可以逼他教他们这种技能。

莫格里原是伐木工人的孩子，自然继承了父辈的各种本能，几乎无师自通就会用折断的树枝搭建小茅屋。猴子们在树上看着莫格里做这些时，感觉他的游戏很有趣。这一次，他们说真的要找一个头领，而且他们要成为丛林中最聪明的居民，成为所有兽民都关注和羡慕的一族。所以，这群猴子跟随在巴鲁、巴希里和莫格里的后面，悄悄地穿过树林，一直走到该午睡的时候。莫格里就在黑豹和棕熊中间睡着了，他听巴鲁说了那么多关于猴子的行为之后，觉得羞愧极了，他暗暗打定主意再也不跟猴子们来往了。

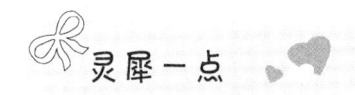

灵犀一点

没有信仰的民族就没有前途。猴子之所以被其他动物瞧不起，就是因为他们无组织、无纪律、无恒心、无教养，很难成事。

2

莫格里正在给巴鲁、巴希里背诵丛林口令时,突然被两只班达拉猴子挟持,猴子带着他飞奔而去……

在莫格里的记忆中,还发生过这样的事情,那便是有几只小手在触摸他的胳膊和腿——那是几只坚硬的、有力量的小手,然后,他们的脸在枝条间飞快地掠过。莫格里睁大眼睛朝上看去,透过摇晃着的树枝,他看到巴希里生气地跳上树干,听到巴鲁狂暴的吼叫声,那声音非常洪亮,仿佛整个山林都被震得颤抖。班达拉猴子一边尖声惊叫,一边快速向树的顶端攀爬。巴希里不敢追到树的顶端,因为他怕树梢的树枝太细,会承受不住自己的体重。猴子看他不敢追上来了,便齐声喊道:"他注意到我们啦!他注意到我们啦!巴希里注意到我们啦!整个丛林都会羡

第二章 蟒蛇凯里

慕我们的聪明才智!"接着,他们开始上下翻腾。他们在枝条间穿梭如履平地,或上或下,全不在话下。

莫格里正在给巴鲁、巴希鲁背诵丛林口令时,突然被两只猴子挟持,猴子带他飞奔而去。

两只强壮的猴子挟持着莫格里在树梢上飞荡,每一跳都要荡出几米远。假如他们不是带着莫格里,估计速度至少是现在的两倍。莫格里感觉头晕眼花,睁眼往下一看就胆战心惊,每次飞荡都像腾云驾雾,让他的心都跳到嗓子眼了。同时,莫格里又为这样疯狂的腾跃感到刺激,又惊又喜。莫格里左右的两只猴子托着他攀上最细的枝头,直到枝条被他们压弯,发出折断的声音。两只猴子惊呼一声,再次腾跃在空中,向前面滑去,落到邻近一棵粗树的底部。然后,又托着莫格里向树顶攀爬。

在某一瞬间,莫格里看到脚下一望无际的平静的丛林,好像一个人爬上桅杆可以看到方圆数十千米辽阔的海面一样。紧接着,枝条开始抽打他的面孔,他和左右两只猴子便几乎贴着地面了。所有班达拉猴子都是这样飞腾跳跃、惊呼喊叫着,带着莫格里一路穿过丛林上空。

有一次,莫格里心里害怕极了,担心猴子会把他扔到地上。后来,他又有些生气,理智告诉他不要反抗,否则不会有好结果。接着,莫格里开始思考,他想向巴鲁和巴希里传话，因为按照猴子们的飞奔速度，他的朋友们很快就被甩到后面了。他们根本看不清自己目前的状况，而莫格里也看不到他们的身影，他只看到丛林上空的老鹰兰恩正在盘旋，等待动物的死亡，以啄食他们的肉。

老鹰兰恩看见猴子们托着一个东西，便下滑了几百米，想看清楚那东西是不是可以吃。兰恩看到莫格里被猴子托到树梢，同时莫格里的嘴里还大声喊叫着："你我皆出自同一渊源……"他惊得高声鸣叫起来。

浓密的树叶把莫格里的身影遮挡住了，兰恩立刻下滑到一棵树的上空，那个能说老鹰语言的棕色小面孔再次出现了。"记住我的路线，"莫格里大声喊道，"去告诉西奥尼狼群中的巴鲁和巴希里。"

"以谁的名义通知他们？"老鹰兰恩从来没有见过莫格

第二章 蟒蛇凯里

里,不知怎么称呼眼前这个小东西。

"青蛙莫格里。他们叫我人娃娃!记住我的路线!"

最后几个字是他飞到空中的时候喊出来的,所以声音非常尖厉。兰恩点点头,他升上天空,变得像一个尘土块那样小的点,悬在高空,用他锐利的眼神看着莫格里的去向,看他因为被挟持而在树梢留下的波动曲线。

"他们从来跑不远,"老鹰兰恩笑着说,"他们从来干不成自己决心要完成的大事。这帮班达拉猴子没有恒心,却喜欢玩些花样。这一次,要是我没看错的话,他们可真是自找麻烦了,因为巴鲁可不是乳臭未干的小孩子,巴希里也不仅仅是捕杀山羊的胆小鬼。"

兰恩收起爪子翱翔着,等待着。

与此同时,怒不可遏的巴鲁和巴希里又气恼又悲伤。巴希里爬到以前从来没有到达的高度,可是他太重了,脚下的树枝一下子被压断了。巴希里滑下树干,爪子上抓满了树皮。

"你为什么不事先警告那个人娃娃?"巴希里向可怜的巴鲁咆哮道,"你连个警告都不教他,还整天把他打得半死,有什么用呢?"棕熊巴鲁扭动着笨拙的身子往猴子消失的方向追着。

"快点啊!快跑!我们能追上他们的!"巴鲁气喘吁吁

地说。

"瞧你这笨样，瞧你这速度，受伤的牛也比你跑得快！丛林法律的教师爷，体罚孩子的高手，照你这样连滚带爬的，跑一千米身子骨就该散架了吧？还是坐下来好好想一想吧，看看有什么好的办法。现在不是追赶的时候，要是追得太急，他们会把莫格里扔到地上，摔死他的。"

"哎呀呀！他们带着莫格里，同样也会累得要命，说不定已经把他摔到地上啦！谁能信得过这些班达拉猴子？他们把死蝙蝠放在我脑袋上，给我黑色石头吃！还骗我闯进野蜂窝，想让野蜂蜇死我，好把我跟豺狗一起埋掉，因为我是最可怜的老熊，没有自己的孩子。哎呀呀！莫格里，莫格里，都怪我原来没有警告你别跟猴子一起玩，结

第二章 蟒蛇凯里

果现在你有被摔碎脑袋的危险了。说不定莫格里让我打得连功课也忘光了,独自一人在丛林中连口令也不会说了呢!"巴鲁伸出两只前掌捂着耳朵,难过得团团乱转,嘴里还嘀嘀咕咕地说个不停。

"好在不久前他才刚刚背过那些口令,而且背诵得完全正确,"巴希里不耐烦地说,"巴鲁,你这家伙真没头脑,又缺乏自信。你想象一下,假如我这个黑豹像豪猪一样把身子蜷曲起来,还不停号叫,丛林里的居民会怎么看呢?"

"丛林居民怎么想关我什么事呀!我现在只关心莫格里的死活!"巴鲁说。

"除非他们纯粹为了寻开心才会把莫格里从树上摔下来,或者因为懒惰而抛弃他。如果不是这样的话,我并不替这个人娃娃担心。虽然猴子有些邪恶,莫格里目前在他们的掌控之中,但是因为他们生活在树上,所以根本不害怕任何动物。"巴希里舔着一只前蹄说。

"我真傻!啊!我真是专挖树根吃的大笨熊,"巴鲁说着突然把紧缩的身子舒展开来,"不错,野象哈蒂曾说过'一物降一物'。这些班达拉猴子害怕的是蟒蛇凯里。凯里爬树跟猴子一样灵巧,可以趁夜晚偷走幼猴。低声说出凯里的名字都会让邪恶的猴子们浑身发冷,从头顶一直冷到尾巴梢。我们去找凯里。"

"他能帮我们做什么？他没有脚，跟我们不属于同一种族。再说，他冷血得无以复加。"巴希里怀疑地说。

"他年纪很大，非常狡猾。最重要的是，他肯定饿得要死。"巴鲁充满希望地说，"对他许诺，保证给他弄些山羊吃。"

"他一吃过东西，就会呼呼睡上一个月。说不定他现在还在睡眠中呢。就算他醒着，要是他自己有办法抓到山羊怎么办？"巴希里对蟒蛇凯里不了解，依旧怀疑地说。

"要是那样的话，老练的猎手，你跟我一起去，也许能说清道理。"说到这儿，巴鲁将累了的棕色肩膀靠在黑豹身上，然后，他们便出发去找蟒蛇凯里了。

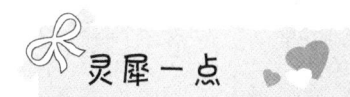

灵犀一点

莫格里学会了老鹰的语言，为别人救他提供了线索。我们平常学到的知识，有时总感觉派不上用场，然而，往往在不经意间，就会用知识改变命运。

第二章 蟒蛇凯里

3

巴鲁和巴希里眼看追不上掳走莫格里的猴子,只好找蟒蛇凯里帮忙。凯里会答应帮助他们去救莫格里吗?

他们找到蟒蛇凯里时,凯里正在舒展着又细又长的身子,躺在一块温暖的石头上,沐浴在下午的斜阳中,陶醉于欣赏自己漂亮的花纹外皮。过去十天来,凯里一直在蜕皮,现在,他变得华美无比——他的秃脑袋在地面上四处探索,长长的身子扭曲成曼妙的曲线形状,中间还打着一个漂亮的结。凯里的舌头不停地前后舔着,似乎为自己的晚餐做好了准备。

"他还没吃饭呢,"巴鲁看见凯里那身漂亮的新外皮,立刻感到宽慰,"当心,巴希里,他换了新装后眼神总是不太稳定,出击速度特别快。"

凯里并不是毒蛇——实际上，他是恨毒蛇的，认为他们是些胆小鬼。他的本领在于缠绕，只要缠住什么东西，不用说，他会用力将其缠得死死的，不给猎物喘息的机会。

"祝你捕猎愉快！"巴鲁坐在地上，远远地朝蟒蛇凯里喊道。

凯里像其他所有的蛇一样稍有点聋，起初没有听清楚巴鲁说的什么，接着，凯里把身子完全盘了起来，准备应付不测，脑袋也低了下来。

"祝你捕猎愉快！"巴鲁重复了一遍刚才的话。

"祝大家都捕猎愉快！"凯里听清巴鲁的话后，回答道，"是巴鲁！哪阵风把你给吹来了？祝你捕猎愉快，巴希里,还有你。我们三个至少有一个需要吃东西了。关于猎物,有什么好消息吗?来了一只母鹿,还是一只年轻的公鹿?我现在肚子正空着呢!"

"我们正在捕猎,"巴鲁装作漫不经心地说。他知道,对凯里不能硬逼,他体形太巨大了。

"请允许我与你们同行,"凯里说,"多打一两次猎对巴希里和巴鲁来说算不了什么,可我……我不得不在林间小道上一连等上好几天,或者仅仅为了捕捉个小猿猴而爬行半个夜晚。咝咝!现在的树枝跟我年轻时的可大不一样了,都是些枯木朽枝,太容易折断了。"

"也许是你体形太大,身体太重了吧?"巴鲁说。

"我的身长正合适——身长正合适!"凯里的口吻中带着骄傲,"问题是出在新生长的小树上。上次捕猎,我差一点从树枝上摔下来,刚刚差那么一点点。我的尾巴没有缠紧树枝,因为树枝太细了。我在树上弄出的响声把班达拉猴子们惊醒了,他们竟然用最难听的话骂我!"

"不长腿的黄蚯蚓。"巴希里说,就仿佛他当时听到似的。

"咝咝咝!他们竟然这样骂我?"凯里问道。

"那些猴子的确这样说过,而且上个月的时候他们还朝我们大声喊叫,不过我们压根就不屑于注意他们。他们

什么话都能说得出来——对了,他们还说你的牙齿都掉光了,所以不敢向动物发起挑战,只敢跟娃娃们对阵。这帮班达拉猴子真是不知天高地厚,他们甚至说你害怕公山羊角!"巴希里添油加醋地说。

凯里听到这里,非常生气,他露出平时不多见的愤怒的表情。平时凯里是极少这样表现出自己的愤怒的,此时,让巴鲁和巴希里一说,蟒蛇凯里喉咙两侧的肌肉便气得拧成条状了。

"班达拉猴子换地方了,"凯里平静地说,"我今天爬上地面来晒太阳的时候,听见他们在树梢上叫个不停。"

"我们追踪的正是班达拉猴子。"巴鲁迟疑了一下说。在他的记忆里,这是丛林中动物第一次对猴子的行为表示

第二章 蟒蛇凯里

感兴趣。

"两位如此强壮的猎手追赶猴子,毫无疑问,我敢肯定你们不会为了一件不值得一提的小事吧?"凯里好奇地问,仍然表现得非常有礼貌。

"的确如此,"巴鲁开始说道,"我只不过是个非常愚蠢的丛林猎手的老师,负责教西奥尼狼群的狼崽儿们学习丛林法律课,这位是巴希里……"

"是巴希里。"凯里重复了一遍,然后"叭"的一声把嘴巴合上了,因为他不愿意让自己显得卑微。

"凯里,我们遇到麻烦了,那帮偷吃硬壳果的猴子绑架了我们的人娃娃,也许你听说过我们的人娃娃吧?"

"我从撒希那里听说一个叫人的什么东西掉到狼群里,可我不相信他的话,他浑身长刺,说话很随意,他嘴里的故事太多太多了,全是道听途说,都不知哪样是真的,故事讲得可糟糕了。"

"这是真的。像他那么可爱的人娃娃可是从来没有过的,"巴鲁说,"他是个优秀、聪明、大胆的人娃娃。他还是我的学生,巴鲁在整个丛林的名声因他而大震。另外,凯里,我们都很爱他。"

凯里一听,说道:"我听说过有这么一个小可爱,是个人娃娃,还从来没见过呢!而且,我还听过他的许多故事，甚至我都可以讲出来。"

"那些故事非常精彩，等哪个晴朗的夜晚，我们吃饱了，我讲给你听。"巴希里连忙说道，"我们的人娃娃现在被班达拉猴子抢走了，我们知道，他们在丛林中谁都不害怕，只怕你——蟒蛇凯里。"

"他们单单怕我是有道理的。"凯里说，"叽叽喳喳，满口蠢话，脑袋空空，喋喋不休……猴子就是这种玩意儿。但是，那个人娃娃到了他们手里准不会有好结果的。他们摘硬壳果摘烦了，会狠狠地往地上投掷。他们会把一根树枝在手里抓上半天，想作为武器，最后却会把它折断扔掉。那个人娃娃的处境真是有些不妙啊！他们叫我什么来着？黄鱼？真的是这样吗？"

"黄虫子——虫子——蚯蚓……"巴希里说，"还说过许多其他名字，难听的我就不重复了，我实在不好意思说出口。"

"看来，我们必须提醒一下他们，对自己的主人要尊敬，要用尊称。咝！咝！咝！我们有必要帮他们调整混乱不清的记忆。我看，他们准是朝东山的方向跑去了。"凯里说。

"我还以为你知道呢，凯里。"巴鲁失望地说。

"我知道？我怎么可能知道呢？他们如果闯进我的地

第二章 蟒蛇凯里

盘,我自然就会逮住他们,可我并不跑出去猎捕那些班达拉猴子,也不去猎捕青蛙——那些漂浮在水面上的绿色渣滓。呃!呃!"

凯里正说着,巴希里突然大声喊道:"上面!抬头看!上面!抬头看呀!喂,巴鲁,快抬头看上面!"

巴鲁抬头一看,一下子看到了老鹰兰恩,只见他在夕阳的照耀下,翅膀泛着光芒,向上翘起,正在向上冲。这个时间应该快到兰恩睡觉的时间了,但是现在,他正盘旋在丛林上空。其实他正在寻找的正是棕熊巴鲁。兰恩盘旋着,希望早点能找到茂密丛林中的巴鲁。

"怎么啦?"巴鲁问兰恩。

兰恩看到巴鲁,降落到一棵枯树桩上:"我看见莫格里跟班达拉猴子在一起。他要我向你报个信。班达拉猴子带着他到河对岸的猴子城冷穴去了。他们可能在那儿停留一个晚上,或者更久的时间。我已经告诉蝙蝠,要他们晚上注意猴子们的行踪。这就是我要告诉你的口信,下面的所有伙伴们,祝你们捕猎愉快!"说完,兰恩重新升到半空,准备离去。

"祝你吃得饱,睡得香,兰恩!非常感谢你!"巴希里喊道,"下次捕猎我一定会记住你,还要把猎物的脑袋专门留给你吃——啊!你是最杰出的老鹰!"

"没什么,没什么。那孩子会说我们的口令。我不能不帮忙。"兰恩说完,便重新攀上高空,朝他的巢穴飞去。

"他倒没忘记运用舌头,"巴鲁感觉很自豪,压低声音笑道,"真没想到,那么年幼的一个孩子,被抓到树梢之间,还能记起禽类的口令!"

"那些字眼牢牢印在他的脑海里了,"巴希里说,"是的,我的确为他感到骄傲。现在,我们必须到猴子们的冷穴去。"

他们知道那是一个什么地方,丛林居民很少上那儿去,因为那个名叫冷穴的地方,是个荒无人烟的昔日城市,现在已经被丛林覆盖,被人类遗弃。兽类很少到人居住过的地方去,只有那些猴子才会什么地方都不在乎。除了野猪之外,甚至连猴子也很少去。当然,如果遇上大旱是个例外,因为在冷穴破碎的罐子和水潭里能找到一丁点儿饮水。

"我们需要半个晚上才能到达,而且必须全速前进。"巴希里说。

巴鲁显得非常严肃,他认真地说:"我会尽量跟上你的。"

"我们也不敢等你。跟上吧,巴鲁。我们必须加快脚步——凯里和我。"

"你有脚,我没有,可我能撵上你的四条腿的。"蟒蛇

第二章 蟒蛇凯里

凯里简洁地说。

巴鲁努力跟上他们,可他不得不坐下来喘口气,他们只好把他留在后面,让他慢慢跟着。巴希里急匆匆地跑着,以便跟上蟒蛇的飞快移动。凯里二话不说,跑得跟巴希里一般快。

他们来到那条小溪边时,巴希里领先了,因为他腾空而起,一下子就跃过了那条小溪,而凯里则是游过来的,游泳的时候,凯里的脑袋和他脑袋下面的一段身子探出水面。但是,在平地上,凯里便有优势了,他很快追上巴希里,他们并肩继续前进。

"我以获得自由前砸碎的铁锁起誓,"暮色降临时,巴希里郑重地说道,"你的步子可真不慢啊!"

"我饿了,"凯里说,"另外,他们是否还把我叫作长斑点的青蛙?"

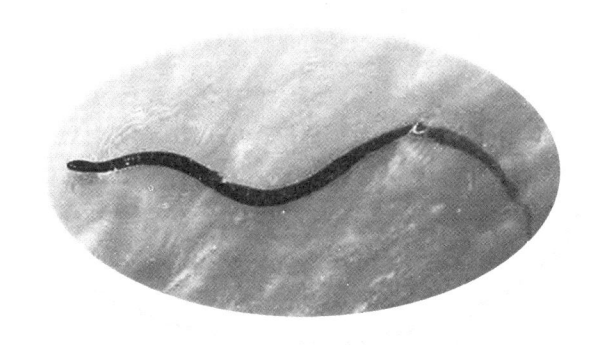

"不是青蛙,是蚯蚓,蚯蚓!黄色的蚯蚓。"

"反正都一样,咱们接着走吧。"凯里似乎把全部精力都倾注到地面上,他用专注的目光找到最近的距离,匆匆往前赶着。

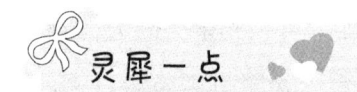

灵犀一点

如果想说服一个人去帮自己做某件事,必须有理有据,而且要讲究策略。

第二章　蟒蛇凯里

4

猴子们把莫格里绑架到一座废弃的宫殿，正当他们得意扬扬时，搭救莫格里的巴鲁、巴希里和凯里赶到了……

到了冷穴，猴子们根本没把莫格里的朋友们放在心上。他们把这个孩子带到一个被人遗忘的城镇上，这时，他们正得意扬扬呢！

莫格里以前从来没有来过这个废弃的城镇，尽管这地方早已成了一堆废墟，可是在他看来，倒是个美妙绝伦的地方。这个城镇是很久很久以前一个国王在一个山丘上建造的。现在，仍然可以顺着石头铺砌的道路走到城门的废墟前，锈迹斑斑的铰链上仍然附着最后几片腐朽的木片。树木有的钻进墙缝，有的穿墙而出，雉堞倒塌在地上，茂密的野生攀缘植物从塔楼的窗户里伸出来。

一座宏伟的宫殿坐落在这座山丘上，宫殿的屋顶早已坍塌，庭院的大理石和喷泉水池也龟裂得一塌糊涂，点缀着绿色的苔藓。国王的大象活着的时候践踏过的卵石，现在被旺盛的草和树木从下面顶起来，变得支离破碎。从宫殿向四处望去，可以看到城镇中一排排没有屋顶的房子，看上去就像黑洞洞的蜂窝。在一个十字路口，可以看到一座现在已经不成形的石雕神像。街角拐弯处，原先的公共水井现在只剩下几个小坑小洼。神庙的穹隆屋顶快要坍塌碎裂，周围长出茂盛的野无花果。

猴子们把这个地方称为自己的城镇，还装出一副瞧不起丛林其他动物的样子，因为那些动物生活在野林子里。可是，他们根本不知道这些建筑物是为什么而建，更不知道如何利用。他们仅仅会在原先国王的议事厅围坐成一圈，拨弄身上的毛捉跳蚤，而且还假装成人的模样。或者他们会在没有屋顶的房子里跑来跑去，在一个角落里收集石膏和砖头碎块，事后便忘记把那些东西藏在哪里了。

有时，猴子们还会吵吵闹闹、打架斗殴，散开后，还会跑到国王原先的那些梯田般的花园中玩耍。为了取乐，他们拼命摇晃玫瑰树、橘子树，让果实和花朵掉落一地。他们探索过城堡的每一条走廊和黑暗的通道，走进每一间又小又暗的房间，却从来不记得见过些什么。他们三五成

第二章 蟒蛇凯里

群,或者单独行动,到处乱窜,见了面还相互说自己活得像个人一样。

他们在水罐里喝水,结果把水搞成脏乎乎的泥浆,然后就成群结队地打架斗殴,嘴里大喊道:"丛林中谁也没有我们聪明,谁也不及我们优秀,谁也比不了我们强壮,谁也不如我们风度翩翩,我们是聪明的班达拉猴子。"等到他们厌倦了这里,就重新回到树梢上飞来飞去,希望引起丛林居民的注意。

莫格里受过丛林法律的教育,既不理解他们的生活方式,也不喜欢这种生活方式。猴子们是在傍晚时分把他拉到冷穴的。他们没有像莫格里一样躺下睡觉休息,而是手拉手手舞足蹈,唱一些他们自己的无聊歌曲。一只猴子发表演讲,说逮住莫格里是班达拉猴子历史上的一个重要里程碑,因为莫格里要教他们如何用枝条编织可以遮雨避寒的防护品。莫格里顺手捡起一些藤萝,开始编结,猴子们也跟着模仿。但是,没过几分钟,他们便变得兴味索然了,开始揪同伴的尾巴玩,要不就是手脚并用,上下乱跳，咳嗽不停。

"我要吃东西，我饿了。"莫格里说，"我是第一次来这里，所以我是客人。你们给我送吃的东西来，要不就让我自己去捕猎。"

二三十只猴子立刻蹦蹦跳跳地去为他摘硬壳果和野木瓜，可是到了路上，他们打起架来，根本无心把剩余的果实带回来。莫格里饿得厉害，又疲惫又气恼。他在这座空荡荡的城镇上来回溜达，不时发出捕猎的口令，可是没有任何动物做出回答，莫格里感觉自己陷入绝境了。

"巴鲁关于班达拉猴子的说法原来都是正确的，"他自言自语道，"他们没有法律，没有捕猎口令，没有首领——什么也没有。他们只会说蠢话，只会用鬼鬼祟祟的动作去偷东西。要是我饿死在这里，或者被他们杀死在这里，那只能是我自己的错误。我必须返回原始丛林，巴鲁肯定会打我，但是，那也比在这群猴子这里饿死要好。"

莫格里慢慢走到城墙附近，猴子们立刻把他拖了回来，指责他说，他这是身在福中不知福，还逼着他感谢他们。

莫格里咬紧牙关，什么也不说，跟着吵闹不休的猴子登上一处露台。那个露台很高，可以俯瞰一个充满半池雨水的红色砂岩水潭。露台中心有一个用白色大理石建造的

第二章 蟒蛇凯里

凉亭，那是为王后们建造的，可她早在一百多年前就离开了这个世界。穹隆形的屋顶已经有一半塌了下来，堵住王后们以前走过的一条通往宫中的地下通道入口。凉亭周围的大理石屏风雕刻得相当精美，上面还镶嵌着玛瑙、红玉、绿宝石、青金石。

月亮从山丘后面露出面庞，银色的月光透过镂雕洒在地上，就像黑天鹅绒上的刺绣一样华贵典雅。虽然莫格里又累又饿，但是班达拉猴子们同时有二十多个齐声说话时，他还是禁不住笑了。因为他们吹嘘自己多么厉害，多么聪明，多么了不起，如何强壮，如何体面，指责莫格里居然愚蠢到想要撇开他们逃走。

"我们伟大，我们自由，我们了不起！我们是丛林中最聪明的居民！因为我们大家都是这么说的，所以，必定真实无疑。"猴子们大声喊着，"听着，因为你是个新来的

听众，能够将我们的话带回到丛林居民那里去，所以，我们要让你知道我们有多么了不起！"

对此，莫格里不置可否。猴子们成百上千地聚集到露台上，听他们的演讲者赞美班达拉猴子的高调。每当一只猴子说得上气不接下气不得不停下来时，所有猴子便会一齐高呼："完全正确！坚决拥护！"莫格里的脑袋在这样浪潮汹涌的噪声中晕头转向，猴子们向他提了个问题，他莫名其妙地点了点头。

是的，他想：这些家伙准是都让豺狗给咬伤过，结果都发了疯，他们患的肯定是疯病。他们难道永远不睡觉吗？现在飘过一片云彩要遮住月亮了。假如云彩足够大，我就能趁着黑暗逃走了。可是我实在太累了。

同时抬头看天上云彩的还有藏在城墙外面护城壕中的他的两个好朋友——黑豹巴希里和蟒蛇凯里。他们知道，大批猴子聚在一起有多么危险，所以并不想冒险。丛林里的动物谁都不会喜欢在如此寡不敌众的情况下作战的。

"我去西墙，"凯里低声说，"你迅速跟上来，冲上那个缓坡来增援我。他们不会成百上千地向我扑来，不过……"

"我明白，"巴希里说，"要是巴鲁到了就好了，我们必须靠自己的力量啦！等到那片云彩遮住月亮，我就冲上露台。他们在那儿举行有关孩子的会议呢！"

第二章 蟒蛇凯里

"祝你捕猎愉快!"凯里说完,便朝西墙滑行而去。那段墙受到的破坏最轻微,凯里耽搁了好一会儿,最后才找到爬上石墙的途径。

云彩遮住了月亮,正当莫格里对下一步行动拿不定主意的时候,突然听到巴希里在露台上轻盈的脚步声。这头黑豹几乎是无声无息地冲上那段缓坡的,立刻就朝猴子们发起了攻击——他丝毫不把时间浪费在咬那些猴子上,关于进攻战术,他知道得清清楚楚——他要对付的是那些把莫格里团团围住的五六十只猴子。

猴子们发出惊恐的呼叫声,巴希里不小心被身子下面翻滚的猴子绊倒在地。一只猴子喊道:"只有一只!杀死他!杀死他!"

乱作一团的猴子又是撕咬又是抓挠,使劲地撕扯拖拉,像一窝野蜂一样把巴希里团团包裹在中间。与此同时,五六只猴子把莫格里控制住,朝凉亭屏风上拖去,把他朝屋顶的窟窿里填去。假如他是个由人养育大的人娃娃,必定会受重伤,因为他是从四五米高的地方摔下去的,但莫格里按照巴鲁教他的那样,脚朝下落了地。

"待在那儿,别乱动!"猴子们喝道,"等我们杀死你的朋友再说,等一会再跟你玩,但愿里面有毒的家伙会饶了你。"

"你我皆出自同一渊源。"莫格里迅速向周围的蛇发出了口令,他听到周围垃圾堆上发出"咝咝"的响声,便再次发出召唤,以便得到确认。

"真的吗?怎么全身光溜溜的?"五六条蛇低声问。在印度,每一个废墟都是蛇的巢穴,这个破凉亭里面就住着眼镜蛇。

"站着别动,小兄弟,你的脚会伤害我们的。"有条蛇回应了他。

莫格里尽量一动不动地站着,眼睛透过镂雕的石壁朝外张望,耳朵听着外面围绕在巴希里周围的疯狂的厮打声、猴子们的尖叫声,以及巴希里被无数猴子压在下面发出的低沉的吼声……巴希里且战且退,扭动着身子蹦跳。这是巴希里有生以来第一次为了保全自己的性命而搏斗。

莫格里想,巴鲁一定就在附近,巴希里不可能独自来这儿。他大声喊道:"巴希里,到水潭那儿去,朝水潭那边跑!跳进去,跳进水里!"

巴希里听到莫格里的喊声,知道他平安无事,于是鼓起了新的勇气。他拼命挣扎,一步一步朝水潭挪过去,然后静静地停下脚步。接着,从最靠近丛林的围墙废墟后面传来巴鲁低沉的挑战声。这头老棕熊尽了自己最大的努力,刚刚赶到这里。

第二章 蟒蛇凯里

"巴希里,"巴鲁吼道,"我来了!我赶来了!我脚下的石头好滑呀!等着,我来了,最臭名昭著的班达拉猴子!"

巴鲁气喘吁吁地冲上露台,立刻就被疯狂的猴子们包围在中间。但是,他猛地坐起身,伸出两只前掌,尽可能多地拍打着。莫格里听到"啪"的一声巨响和入水的声音,知道巴希里已经打开一条通道,跳进水里了,猴子们无法紧跟在他身边了。

巴希里的脑袋刚刚露出水面,就看到猴子们里三层外三层地将水潭围了个水泄不通。他急促地喘着气,猴子们怒气冲冲地蹦跳着,巴希里根本没法跳上水潭去帮巴鲁。

"你我皆出自同一渊源。"巴希里只好向凯里发出紧急求救呼唤口令,"你我皆出自同一渊源。"他相信,不用一分钟,蟒蛇凯里就会发起进攻。

与此同时,巴鲁正被猴子们压在露台边缘,听到黑豹巴希里的呼救声,禁不住笑出声来。

蟒蛇凯里刚刚越过西墙,还把墙上的一块石头带下来落到沟里了,不小心扭伤了身子。他知道自己的强项是缠绕,便盘起身子,再放开,练习了两遍,最后认为自己的身子每一部分都处于最佳状态才停止。在这个过程中,猴子们丝毫没有放松与巴鲁的扭打。在水潭边,猴子们围成

一圈，围绕在巴希里周围，蝙蝠芒格来回穿梭飞行，将这场大战的消息通报给了整个丛林。到最后，连野象哈蒂也从远处发出吼声，沿着林间道路朝冷穴直奔而来。他用长长的鼻子驱散猴子，以支援被猴子们压住的巴鲁。

搏斗的喧嚣声惊动了方圆几千米昼出夜伏的林中栖鸟。接着，蟒蛇凯里迅速冲了过来，他径直奔上露台，用尽全身力气开始抽打。你可以想象一支长矛或者一只半吨重的铁锤，在冷酷的大脑指挥下发出的打击，那就是凯里的威力。一只一两米长的蛇如果朝一个人的胸膛抽打过去，会把他打倒甚至打得吐血的。而凯里有近九米长呢！他的第一次打击，就将围住巴鲁的猴子送上了西天。猴子们四处惊慌逃窜，嘴里还哇哇叫着："凯里！凯里来了！快跑啊！快跑！"

多少代猴子都听说过凯里的故事，只要听到他的名

第二章 蟒蛇凯里

字,就会吓得老老实实地爬上树梢,就连最强壮的猴子也不例外。刚刚还疯狂战斗的猴子吓得没命地逃窜。因为凯里是他们在森林中最害怕的动物,他们谁都不知道他的威力究竟有多大,猴子们甚至不敢看他的面孔,没有哪只猴子可以在凯里的缠绕下生还。

巴鲁深深吸了一口气,他的毛皮比巴希里的厚得多,但在搏斗中所受到的打击比巴希里要大得多。这时,凯里张开大嘴巴,用"咝咝"的声音说出一个长长的词语,猴子们本来远远地跑过来,想要保护冷穴,结果却缩在原地一动也不敢动,直到脚下的树枝在他们的重量压迫下开始断裂。爬在墙上和屋顶的猴子也停止了喊叫,在笼罩这座空城的寂静中,莫格里听到巴希里从水潭里爬出来并抖落身上的水。接着,莫格里再次听到猴子们闹腾起来,他们开始在墙上蹦跳,似乎搂住了神像的脖子,有的在雉堞上乱跳,嘴里发出尖叫声。

莫格里乐得手舞足蹈,他凑近雉堞镂雕孔朝外张望,模仿猫头鹰的叫声,表示对猴子们的嘲笑和鄙视。

"把人娃娃救出来,我无能为力了。"巴希里气喘吁吁地说,"带上人娃娃快走,他们说不定再次发动进攻呢!"

"没我的命令,他们不敢行动,你们待着别动!"凯里用"咝咝"声命令道,城中再次安静下来。"我这是尽了最大的努力迅速赶来的,兄弟,我好像听到了你的召唤。"凯里的这句话是说给巴希里听的。

"我……我可能是在搏斗中无意中喊出来的。"巴希里回答说,"巴鲁,你受伤了吗?"

"我不敢肯定,不知道他们是不是把我撕扯成一百个小熊了。"巴鲁说完,抖了抖身子,伸展了一下四肢,又说,"哇!真累死我了!凯里,我们——巴希里和我——都要感谢你,幸亏有了你,我们的命才没有丢。"

"没什么,那个人娃娃在哪?"凯里问。

"在这里,一个陷阱里,我爬不上去。"莫格里喊道。他头顶上面是那个破碎的穹隆屋顶。

"把他弄上去。他跳跃起来会像孔雀莫奥,会不小心把我们的幼蛇踩死的。"下面的眼镜蛇大声说。

"哈哈!"凯里笑道,"这个人娃娃,在任何地方都有朋友,真行!靠后站一站,你们有毒的居民都躲起来,我要弄倒这堵墙。"

凯里仔细观察了一番,在镂雕屏风上找到一处裂缝,他断定那是个薄弱环节,于是,用脑袋轻轻点了两三下,测量了一下距离,然后将一段身体扬起来,在前面使劲一甩。只听"轰"的一声,一阵碎石乱飞、尘土飞扬过后,大家看到那段镂雕破碎坍塌了。莫格里从缺口处爬了出

第二章 蟒蛇凯里

来,快速走到巴鲁和巴希里中间,一只胳膊搂着一个朋友,他们开心地抱在一起。

"你有没有受伤?"巴鲁亲热地搂着莫格里问道。

"我累得厉害,饿得要命,身上也不止一处擦伤。不过,啊!他们对付你们的手段太残忍了,我的兄弟们,你们在流血!"莫格里难过地说。

"他们也一样。"巴希里舔了舔嘴巴,朝露台上和水潭边的死猴子环视了一圈。

"这没什么,只要你平安无事就好。啊!你这只让我引以为傲的小青蛙!"巴鲁喜极而泣。

"好了,好了,这事我们以后再理论。"巴希里不希望巴鲁继续哭下去,再说莫格里也不喜欢他这样,"现在,我们必须向凯里表示感谢,是他帮我们打赢了这场战争。莫格里,你要好好感谢凯里的救命之恩,过去,按照我们的风俗去向凯里郑重道谢吧!"

莫格里转过头去,他看见那条蟒蛇的头正在他的脑袋上方摆来摆去。

"看来,这就是那个人娃娃吧?"凯里问,"他的皮肤可真光滑,而且非常柔软,他看上去跟班达拉猴子不无相似之处。要当心,人娃娃,在暮色昏暗的时候,别让我们把你当成一只猴子。我刚刚换过外套。"

"你我皆出自同一渊源。"莫格里回答道,"凯里,我非常感谢你的救命之恩。在你饥饿的时候,我的猎物就是你的猎物。"

"多谢了,小兄弟,"凯里说着,他的眼睛眨巴了几下,"这么大胆的猎手能捕捉住什么猎物?我想问问。我下次跟你一块出猎。"

"我什么都捕捉不到,但我会赶山羊,可以帮助大家捕猎。等你腹中空空的时候到我这儿来,看我说的是不是真话。我做这种事还有点技巧。"莫格里说完伸出双手,然后继续说道,"另外,假如你们掉进了陷阱,我也许可以偿付今天欠你的人情,也能偿付巴鲁与巴希里的人情。祝你们都捕猎愉快,我的师傅们!"

"说得好!"巴鲁用低沉的声音说道。因为莫格里说得太真诚了,而且非常圆满。凯里把脑袋轻轻搭在莫格里的肩膀上蹭了片刻,说道:"你有一颗勇敢的心,会说礼貌的语言,有了这两样,你就能在丛林中到处行走,人娃

第二章 蟒蛇凯里

娃。不过，现在，跟随你的朋友们走开，睡觉去吧。因为月亮已经沉下山了，下面要发生的事情你看了不合适。"

月亮渐渐西沉到山丘后面，一排排猴子挤在墙上和雉堞上。巴鲁到水潭中喝了点水，巴希里开始整理自己的皮毛，凯里则滑行到露台的中心，嘴巴"叭"的一声合上，顿时，所有猴子的注意力全集中到他身上了。

"月亮下山了，你们还能看得见吗？"凯里大声问。

"我们都能看得见，凯里大王。"墙上的猴子齐声回答，就像风吹树梢一样。

"好吧！现在开始跳舞，跳凯里的饥饿舞。坐着别动，好好看着！"凯里在露台上转了三圈，左右摇晃着脑袋。接着，他开始用身体绕圆圈，绕"8"字形，用身体组成许多圆或三角形，渐渐变成四边形，然后盘成一个圆锥体。他不停地动，从容不迫，嘴里哼唱的歌也没有停止片刻。天色越来越暗，最后，他那盘成一团、变幻蠕动的身体也看不见了，大家只能听见他身上的鳞片发出摩挲的声音。

巴鲁和巴希里一动不动地站着，像石雕一样，喉咙里咕噜咕噜地响着，他们脖子上的毛倒竖起来。莫格里不明白怎么回事，心里感觉有些纳闷。

"班达拉猴子，"这时，凯里的声音传了过来，他说，

"没有我的命令,你们能挪动一下脚步吗?回答我!"

"没有你的命令,我们的手脚都不能动,凯里大王。"

"好!太好了!全体注意,都面朝我,向前一步走!"

数不清的猴子不由自主地随着凯里的命令朝他面前挪动了一下,巴鲁和巴希里也僵硬地甚至有点直挺挺地跟他们朝前走了一步。

"朝前一步走!"凯里用"嗞嗞"的声音说道。他们再次不由自主地向他靠近了一点。

莫格里看到巴鲁和巴希里也朝前走了一步,有点吃惊地拉了他们一把,两个大野兽如梦初醒般地互相看了看,猛然明白过来。

"莫格里,把你的手放在我和巴希里的肩膀上,要不我们会不由自主地朝凯里走过去的。"巴鲁抖了抖皮毛说。

"那不过是老凯里在沙土地上自己转圈圈而已。"莫格里说,"我们走吧!"

于是,他们三个通过墙上的一道裂缝悄悄回到丛林里了。

"凯里懂得东西比我们多啊!"巴希里颤抖地说,"要是我继续在那儿多待一会儿,准会自己朝他的喉咙走过去的。"

"月亮再次升上来之前,许多猴子会顺着他的指令走到他嘴里去的,"巴鲁说,"他要大捕一会猎,这是他的风格。"

第二章 蟒蛇凯里

"但是,我不明白,那到底是什么意思呢?"莫格里问道,他根本不理解那条蟒蛇的催眠能力,"我看到他只是傻乎乎地转圈子,一直转到天黑下来。他的鼻子都破了,哈哈,真笑人!"

"莫格里,"巴希里有些生气地说,"他的鼻子是为救你才弄破的!正如我的耳朵、我的腰、我的爪子一样,巴鲁的脖子、后背也是为了救你才被咬伤的。巴鲁和我也许要好几天不能好好捕猎了。"

"没什么!"巴鲁说,"我们有人娃娃。"

"不错,可是他让我们付出了巨大的时间代价,本来这些时间能够用在捕猎上的,可以美美地享受着那些猎物。但是现在,我们受了伤,损失了一些皮毛,我的脊背

上有一半的毛被撕掉了。被一群猴子折腾成这样，我们的荣誉肯定受损了。莫格里，你要记住，我这只黑豹居然不得不向凯里救援，巴鲁和我还让那个饥饿舞迷惑得像只傻小鸟一样。人娃娃，这一切都是因为你跟那些班达拉猴子一起玩耍而引起的。"

"不错，这是真的，"莫格里伤心地说，"我是个坏孩子，我很难过，我的心里难受得厉害！"

"巴鲁，这个从法律上该怎么说？"

巴鲁不想给莫格里招来麻烦，又不能更改法律，于是模模糊糊地说："悲伤时难以忍受惩罚，巴希里，你得记住，他还小啊！"

"我不会忘记，但是他捣乱惹出麻烦，必须受到惩罚。莫格里，你还有什么可辩解的吗？"

"没有，我犯了错误，巴鲁和你都受了伤，我愿意接受任何惩罚，我是罪有应得。"莫格里真诚地说。

巴希里按照内心的想法，轻轻地打了莫格里五六下，如果是自己的孩子，那么轻的拍打是绝对不起任何作用的，但对于一个只有七岁的男孩来说，那就成了大家都避之不及的毒打了。惩罚结束后，莫格里打了个喷嚏，爬起来，什么也没有说。

"听着，小兄弟，"巴希里说，"爬到我背上来，我驮着你回家。"

丛林法律的美好之处就在于，惩罚过后，一切旧怨全部勾销，不得再有任何嫌言怨语。

莫格里把脑袋靠在巴希里的背上，沉沉地进入梦乡，直到巴希里把他放在家里的山洞中，他才醒过来。

班达拉猴子的行军歌

我们一路行军，队形像花儿一样，
朝着心中的月亮一直奔走！
难道你不羡慕我们这般快乐？
难道你不愿意做我们的朋友？
你是否希望也有一条长长的尾巴？
像丘比特的弯弓翘起来玩耍？
如果你生气了，请你别介意，
我就低下尾巴，做你的好兄弟！

我们坐下休息，队伍像树枝，
心里只想着美滋滋的好事。
梦想将来有一天建功立业，
转眼间一举成名，扬名天下。
做事凭志向，敢想能立功业。
我们忘记啦，请你别介意，
哪怕尾巴低垂，我的好兄弟！

我们谈天说地,聊得天花乱坠,
皮毛猛兽大吼一声,像所有的鸟儿齐鸣。
皮毛、鳞鳍、羽毛,话题无所不包,
你一言,我一语,大家争着唠叨,
真美妙啊真痛快!接着往下说吧!
咱就假装是人,请你别介意,
哪怕尾巴低垂,我的好兄弟!
这就是咱猴子族的技艺。

快来加入我们的行列,连蹦带跳到松林深处撒欢。
野葡萄巧攀缘,手脚灵巧地蹿上树梢,
队伍热闹而喧嚣,一路向前,留下一片狼藉,
不用说不用问,我们的业绩一定会光辉灿烂!

灵犀一点

一个人无论本领有多高强,总会有他自己的缺点和局限性。只有依靠团队的力量,取长补短,方能提高成功率。

第三章

老虎 老虎

打猎顺利吗?大胆的猎手。
兄弟,我长时间地守候猎物,又冷又饿。
打猎不顺利吗?猎物在哪里?
兄弟,它仍然潜伏在丛林里。
你引以为豪的威风又在哪儿?
兄弟,它已从我的腰胯和腹间消逝。
你这么匆忙要到哪儿去?
兄弟,我回我的窝里——干脆死在那里!

丛林传奇

1

莫格里离开狼群以后,在人类中能够适应吗?他过得快乐吗?

现在,让我们回过头去,上接第一章后面的情节,从莫格里不得不离开狼穴开始讲述下面的故事。

莫格里和狼群在会议岩争斗了一场之后,离开了狼穴,下山来到村庄的耕地里。但是他没有在这里停留,因为这儿离丛林太近了,他心里很明白,在那次大会上,他至少已经结下了一个死敌。

于是,莫格里继续匆匆往前赶路。他沿着山谷下那条崎岖的大路,迈着平稳的步子急走了将近十公里的路。这里的一切都是陌生的。山谷变得开宽阔起来,形成一片广袤的平原,上面零星散布着一块块岩石,还有一条条沟涧遍布其

第三章 老虎 老虎

中。平原尽头有一座小小的村庄,另一头是茂密的丛林,向远处看去,黑压压的一片,一直延伸到牧场旁边。牧场的边缘十分清晰,好像有人用一把斧头砍掉了森林。

平原上到处都是牛群和水牛群在吃草。放牛的小孩子们看见了莫格里,顿时吓得喊叫起来,拔腿就跑。那些经常徘徊在每个印度村庄周围的黄毛野狗也"汪汪"叫起来。莫格里向前走去,因为他觉得饿了。当他走到村庄大门时,看见村民傍晚用来挡住大门的大荆棘丛已挪到一旁。

他夜间出门寻找食物时,曾经不止一次碰见过这样的障碍物。他想,看来这儿的人也怕丛林里的兽族。

莫格里在大门边坐下,直到有个男人走过来的时候他才站了起来,张大嘴巴,往嘴里指指,表示他想吃东西。那个男人先是盯着他看了看,然后跑回村里唯一的那条街

上，大声叫着祭司。祭司是个高高的胖子，穿着白衣服，额头上涂着红黄色的记号。祭司来到大门前，还有大约一百个人也跟着他跑来了。他们目不转睛地瞅着，交谈着，喊着，用手指着莫格里。

"这些人真没有礼貌，"莫格里自言自语地说，"只有灰猿才会像他们这样。"于是他把又黑又长的头发甩到脑后，皱起眉头看着人群。

"你们害怕什么呀？"祭司说，"瞧瞧他胳臂上和腿上的疤，都是狼咬的。他只不过是个从丛林里逃出来的狼孩子罢了。"

当然，狼崽儿们一块玩的时候往往不注意，啃莫格里啃得重了点，所以他的胳膊和腿上全都是褐色的伤疤。可是他根本不把这叫作咬，他非常清楚真正被咬是什么味道。

"哎哟！哎哟！"两三个妇人同时叫了起来，"被狼咬成这个样儿，可怜的孩子！他是个漂亮的男孩子。他的眼睛像红红的火焰。我敢起誓，米苏亚，他和你那个被老虎叼走的儿子可真有些像呢！"

"让我瞧瞧！"一个女人说道。她的手腕和脚踝上都戴着许多沉甸甸的铜镯子。她仔细望着莫格里："确实有些相像，他要瘦一点，可是他的相貌长得和我的孩子一个样。"

第三章 老虎 老虎

祭司是个聪明人,他知道米苏亚是当地最富有的村民的妻子。于是他仰起头朝天空望了片刻,接着一本正经地说:"被丛林夺去的,丛林又归还了。把这个男孩带回家去吧,我的姐妹,别忘了向祭司表示敬意啊!因为他能看透人的命运。"

"我以赎买我的那头公牛起誓,"莫格里自言自语道,"这一切可真像是又一次被狼群接纳入伙的仪式啊!好吧,既然我是人,我就必须变成人。"

那个女人招手叫莫格里跟她到她的家里去,人群也就散开了。

那个女人的小屋里有一张刷了红漆的床架;一只陶土制成的收藏粮食的大柜子,上面有许多凸出的花纹;六只铜锅;一尊印度神像安放在一个小小的壁龛里;墙上挂着一面真正的镜子,就是农村集市上卖的那种镜子。

她给他喝了一大杯牛奶,还给他几块面包,然后伸手抚摸着他的脑袋,凝视他的眼睛。她越来越相信,他也许真是自己的儿子,老虎把他拖到森林里,现在他又回来了。于是她说:"纳索,喂,纳索!"

莫格里从没有听过这个名字,他茫然地看着那个女人。

"你不记得我给你穿上新鞋子的那天了吗?"米苏亚碰

了碰莫格里的脚，这只脚坚硬得像鹿角。"不！"她悲伤地说，"这双脚从来没有穿过鞋子。可是你非常像我的纳索，你就当我的儿子吧！"

莫格里心里很是忐忑，总感觉不踏实，因为他从来没有在屋顶下面待过。但是他看了看茅草屋顶，发现他如果想逃走，随时可以把茅草屋顶撕开，而且窗上也没有窗栓。"如果听不懂人说的话，"莫格里暗暗对自己说，"做人又有什么用呢？现在我什么都不懂，像个哑巴，就跟人来到森林里和我们待在一起那样。我应该学会他们说的话。"

当他在狼群里的时候，他学过森林里大公鹿的挑战声，也学过小野猪的哼哼声，那都不是为了闹着玩儿才学的。聪明的莫格里决定学习人的语言，只要米苏亚说出一个字，莫格里就马上学着说，而且说得一点也不走样。不到半天的时间，他已经学会了说小屋里许多东西的名称。

到了上床睡觉的时候，问题又出现了。因为莫格里不肯睡在那张像捕豹的陷阱似的小屋里，当米苏亚关上房门的时候，莫格里立刻从窗口跳了出去。

"随他去吧，"米苏亚的丈夫说，"你要记住，直到现在，他还从来没有在床上睡过觉。如果他真是被打发来代替我们的儿子的，他就一定不会逃走的。"

第三章 老虎 老虎

于是莫格里伸直了身躯，躺在耕地边上一片长得高高的草地上。但是还没有等他闭上眼睛，一只柔软的灰鼻子就开始拱他的下巴颏。

"嘿！"灰兄弟是狼妈妈的崽儿们中间最年长的一个，刚刚正是他在拱莫格里的下巴颏，"跟踪你跑了十公里路，得到的是这样的回报，实在太不值得了。你身上尽是篝火气味和牛群的气味，完全像个人了。醒醒吧，小兄弟，我带来了消息。"

"丛林里一切平安吗？"莫格里拥抱了他，问道。

"一切都好，除了那些被红花烫伤的狼。喂，听着，谢尔汗到很远的地方去打猎了，要等到他的皮毛重新长出以后再回来，他的皮毛烧焦得很厉害。他发誓说，他回来以后一定要把你的骨头埋葬在韦根加。"

"那可不一定，我也发了一个小小的誓言。不过，有消息总是件好事。今晚我累了，好些新鲜玩意儿弄得我累极了，灰兄弟。可是，你一定要经常给我带来消息啊！"

"你不会忘记你是一只狼吧？那些人不会使你忘记吧？"灰兄弟忧虑地问道。

"永远不会！我永远记得我爱你，爱我们山洞里的全家。可是，我也会永远记得，我是被赶出狼群的。"

"你要记住，另外一群人也可能把你赶出去的。人总归是人，小兄弟，他们说起话来，就像池塘里的青蛙那样哇啦哇啦。下次下山，我就在牧场边上的竹林里等你。"

从那个夜晚开始，莫格里有三个月几乎从没走出过村庄大门。他正忙着学习人们的生活习惯和生活方式。首先，他得往身上缠一块布，这使他非常不舒服；其次，他得学会用钱买东西，尽管他一点也搞不懂；他还得学耕种，而他看不出耕种有什么用。村里的小娃娃们常常惹得他火冒三丈，幸亏丛林的法律教会了他按捺住火气，因为在丛林里，维持生命和寻找食物全凭着保持冷静。当那些小孩子取笑他不会做游戏或者不会放风筝，或者取笑他某个字发错了音的时候，仅仅因为他知道杀死赤身裸体的小孩子是不公正的，所以他才没有伸手抓起他们，把他们撕成两半。

他一点也不知道自己的力气有多大。在丛林里他知道

第三章 老虎 老虎

自己比兽类弱，但是在村子里，大家都说他的力气大得像头公牛。

莫格里毫不知道种族在人和人之间造成的差别。有一次，卖陶器的小贩的驴子滑了一跤，掉进了土坑，莫格里拽住驴子的尾巴，把它拉了出来，他还帮助小贩码放陶罐，好让他运到卡尼瓦拉市场上去卖。

这件事使人们大为震惊，因为卖陶器的小贩是个贱民，至于驴子就更加卑贱了。可是祭司责怪莫格里时，莫格里却威胁说要把他也放到驴背上去。

于是，祭司告诉米苏亚的丈夫，最好打发莫格里去干活，越快越好。当村子里的头人告诉莫格里第二天他就得赶着水牛出去放牧时，莫格里高兴极了。

当天晚上，由于莫格里已经被指派做村里的雇工，他便去参加村里的晚会。每天晚上，人们都会围成一圈，坐在一棵巨大的无花果树底下，围着一块石头砌的台子。

这是村里的俱乐部。头人、守夜人以及知道村里所有小道消息的剃头师傅，还有拥有一支陶尔牌老式步枪的村里老猎人布尔迪，都来到这儿集会和吸烟。一群猴子坐在枝头高处叽叽喳喳说个没完，石台下面的洞里住着一条眼镜蛇，人们每天晚上向他奉上一小盘牛奶，因为他在人们心中是神蛇。老人们围坐在树下，谈着话，抽着巨大的水烟袋,直到深夜。他们尽讲一些关于神啦、人啦以及鬼啦等美丽动听的故事。布尔迪还常常讲一些更加惊人的丛林兽类生活方式的故事。那些坐在圈子外的小孩子们,常常睁大眼睛听得津津有味,忘记了其他。故事大部分是关于动物的,因为丛林一直就在他们门外。鹿和野猪常来偷吃他们的庄稼,有时在暮色中,老虎也会公然在村子大门外不远的地方拖走个男人。

莫格里对他们谈的东西自然是了解一些的,他只好遮住脸孔,不让他们看见他在笑。所以,当布尔迪把陶尔步枪放在膝盖上,兴冲冲地讲着一个又一个神奇的故事时,莫格里的双肩就抖动个不停。

这会儿布尔迪正在解释:那只拖走米苏亚儿子的老虎,是一只鬼虎。有个几年前去世的狠毒的老放债人的鬼魂就附在这只老虎身上。"我说的是实话,"他高声说道,"因为有一回暴动,烧掉了普郎·达斯的账本,他本人也挨了揍,从此他走路总是一瘸一拐。我刚才说的那只老虎也是个瘸子,因为他留下的脚掌痕迹总是一边深一边浅。"

"对,对,这肯定是实话。"那些白胡子老头一齐点头说。

"所有那些故事难道全都是瞎编出来的吗?"莫格里像是自言自语地开口说道,"那只老虎一瘸一拐,是因为他生下来就是瘸腿,这是谁都知道的呀!说什么放债人的鬼

第三章 老虎 老虎

魂依附到一只比豺还胆小的野兽身上，完全是疯话。"

布尔迪闻听此言吃了一惊，愣愣地有好一会儿说不出话来。头人也很吃惊，睁大眼睛看着莫格里。

过了好一会儿，布尔迪回过神来，恼怒地说道："哎呀！这是那个丛林里来的小杂种，是吗？你既然这么聪明，为什么不剥下他的皮送到卡尼瓦拉去，政府正悬赏一百卢比要他的命呢！要不然，听长辈说话的时候就要有礼貌一点，最好别乱插嘴！"

莫格里站起来准备走开。"我躺在这儿听了一晚上，"他回头喊道，"布尔迪说了那么多关于丛林的话，除了一两句以外，其余的没有一个字是真的。可是，丛林就在人们的家门口呀，既然是这样，我怎么能相信他讲的那些据说他亲眼见过的鬼呀、神呀、妖怪呀等等的故事呢？"

"这孩子确实应该去放牛了。"头人说。布尔迪被莫格里的胆大无礼气得直喘粗气。

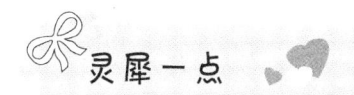

灵犀一点

耳听为虚，眼见为实。正因为莫格里从小在丛林中长大，所以才知道布尔迪所讲的故事大部分是虚构的。

2

莫格里被头人派到野外放牛,而谢尔汗也在寻找机会杀死他,他会有什么遭遇呢?

大多数印度村子的习惯是在大清晨派几个孩子赶着牛群和水牛群出去放牧,晚上再把它们赶回来。那些牛群能把一个白人踩成肉泥,却老老实实地让一些还够不着他们鼻子的孩子们打骂和欺负。这些孩子只要和牛群待在一块儿,就非常安全,连老虎也不敢袭击一大群牛。可是孩子们如果跑去采摘花儿,或者捕捉蜥蜴,他们有时就会被老虎叼走。

莫格里骑在牛群头领——大公牛拉玛的身上,穿过村庄的大街。那些蓝灰色的水牛长着弯弯的长角和凶猛的眼睛,一头头从他们的牛棚里走出来,跟在拉玛后面。莫格里非常明确地向一同放牧的孩子表示：他是放牛娃里的头领。他用一根磨得光溜溜的长竹竿敲打着水牛，又告诉一个叫卡米拉的小男孩，叫他们自己去放牧，他要赶着水牛往前走，并且叮嘱他们要多加小心，别离开牛群乱跑。

印度人的牧场是在杂草丛生的小溪旁，那里到处是岩石、矮树丛，牛群一到那儿就分散开去，消失不见了。水牛一般总待在池塘和泥沼里，他们常常一连几个小时躺在温暖的烂泥里打滚、晒太阳。

莫格里把水牛赶到靠近韦根加河流与丛林交界的平原上，接着他从拉玛的脖子上跳下来，一溜烟跑到一片竹子那儿，找到了灰兄弟。"喂！"灰兄弟说，"我在这里等你好多天了。你怎么干起了放牛的活儿？"

"这是人类头人的命令，"莫格里说，"我暂时是村里的放牛娃。瘸虎谢尔汗有什么消息吗？"

"他已经回到这个地区来了，他在这里等了你很久。眼下他走了，因为猎物太少了，但是他一心要杀死你。"

"很好，"莫格里说，"他不在的时候，你或者四个兄弟里的一个就坐在岩石上，好让我一出村就能够看见你。谢尔汗回来以后，你就在平原正中间那棵达克树下的小溪边等我。我们不用自己走进谢尔汗的嘴里去。"

之后，莫格里挑选了一块有阴凉的地方躺下休息，看着水牛在他四周吃着青草，不知不觉睡着了。

在印度，放牛是所有工作中最逍遥自在的活儿之一。水牛群走动着，嚼着草，躺下，然后又爬起来向前走动，他们甚至不会"哞哞"地叫，只会哼哼。水牛们很少出声，只是一头跟着一头走进烂泥塘去，他们慢慢钻进污泥里，只剩下两只鼻孔和呆呆瞪着的青瓷色眼睛露在水面上，就像一根根圆木头那样躺在那里。

炽热的太阳晒得石头也爆裂了，放牛的孩子听见一只老鹰（永远只是一只）在头顶上空高得几乎望不见的地方发出叫声，放牛娃们都知道，如果他们死了，或者是一头母牛死了，那只老鹰就会扑下来。而在遥远的地方，另一只老鹰只要看到那只老鹰下降，就会跟着飞过来。接着会有一只又一只的老鹰跟着飞下来，几乎在一瞬间，甚至还

没等到逝者咽下最后一口气，就会从四面八方飞来几十只饥饿的老鹰，顷刻之间，刚刚死去的母牛就会被他们无情地撕裂分食，直到最后只剩下一堆白骨。

此时，放牛娃们睡了一会，醒来，又睡了过去……无聊的时候，他们就用干枯的草叶编些小篮子，把蚂蚱放进去。或是捉两只螳螂，让它们打架。或用丛林的红色坚果和黑色坚果编成一串项链。有时他们也会一动不动，观察一只趴在岩石上晒太阳的蜥蜴，或看一条在水坑旁边等着捕抓青蛙的蛇。然后，他们会唱一首漫长的歌谣，结尾的地方都带着当地人特有的颤音。这样的日子仿佛比大多数人整个一生还要长。有时，他们也会用泥捏一座城堡，还捏些泥人和泥马、泥水牛，他们在泥人手里插上芦苇，他们自己装作国王，把泥人当成他们的军队，或者他们假装是受人礼拜的神。傍晚时分，在孩子们的呼唤声中，水牛慢吞吞地爬出黏糊糊的污泥，发出一声又一声像枪声一样响亮的声音，然后它们一个挨着一个穿过幽暗的平原，回到村子里闪亮的灯火那里。

莫格里每天都领着水牛到它们的泥塘里去，每天他都能看见七八百米以外平原上灰兄弟的脊背。灰兄弟告诉他，谢尔汗还没有回来。

莫格里天天躺在草地上倾听四周的声音，一遍遍怀念

丛林传奇

着过去在丛林里度过的快乐时光。在那些漫长而寂静的早晨，哪怕谢尔汗在韦根加河边的丛林里伸出瘸腿迈错了一步，莫格里也会听见的。

终于有一天，在约好的地方莫格里没有看见灰兄弟，他笑了，领着水牛来到了达克树旁的小溪边。达克树上开满了金红色的花朵，灰兄弟就坐在那里，背上的毛全竖了起来。

"他躲了一个月，好叫你放松警惕。昨天夜里他和塔巴克一块翻过了山丘，正紧紧追踪着你呢！"灰兄弟喘着气说道。

莫格里皱起了眉头说："我倒不怕谢尔汗，但是塔巴克是很狡猾的。"

"不用怕，"灰兄弟稍稍舔了舔嘴唇说道，"黎明时分，我遇见了塔巴克，现在他正在对老鹰们卖弄他的聪明呢！但是，我截住了塔巴克，差点折断他的脊梁骨，以武力逼迫他把一切都告诉了我。谢尔汗的打算是今天傍晚在村庄大门口等着你——专门等着你，不是等别人。此时，他正躺在韦根加那条干涸的大河谷里。"

"他吃过食了吗？他是不是空着肚子出来打猎的？"莫格里问。这问题的答案对他来说是生死攸关的。

"他在天刚亮时捕杀了猎物——一头猪，他也饮过水

第三章 老虎 老虎

了。记住,谢尔汗是从来不肯节食的,哪怕是为了报仇!"

"蠢货,蠢货!简直像个不懂事的崽儿!他又吃又喝,还以为我会等到他睡过觉再动手呢!喂,他躺在哪儿?假如我们有十个,就可以在他躺的地方干掉他。这些水牛嗅不到他的气味是不会冲上去的,而我又不会说它们的话。我们是不是能转到他的脚印背后,好让它们嗅出他来?"

"谢尔汗跳进韦根加河,游下去好长一段路,来消除自己的气味。"灰兄弟说。

"这一定是塔巴克教他的,我知道,他自己是绝对想不出这个办法的。"莫格里把手指放进嘴里思索着说,"韦根加河的大河谷,它通向离这儿不到三百米的平原。我可以带着牛群,绕道丛林,一直把它们带到河谷的出口,然后横扫过来——不过他会从另一端溜掉。我们必须堵住那边的出口。灰兄弟,你能帮我把牛分成两群吗?"

"我可能不行——不过我带来了一个聪明的帮手。"灰兄弟走开了,他跳进一个洞里。接着洞里伸出一个灰色的大脑袋——那是莫格里十分熟悉的,炎热的空气里响起了丛林里最凄凉的叫声——一只正午时分猎食的狼的吼叫。

"阿克拉!阿克拉!"莫格里拍起巴掌喊道,"我早该知道,你是不会忘记我的。我们手头有要紧的事情呢!帮我把牛群分成两半,阿克拉,让母牛和小牛待在一起,公牛和耕地的水牛在一起。"

两只狼随即跳起了四对舞的花样,在牛群里穿进穿出,牛群呼哧呼哧地喷着鼻息,昂起脑袋,分成了两堆。母牛站在一起,把它们的小牛围在中间。它们瞪起眼睛,前蹄敲着地面,只要哪只狼稍稍停下,它们就会冲上前去把它踩死。在另一群里,成年公牛和年轻公牛喷着鼻息、跺着蹄子。不过,它们虽说看起来更吓人,实际上却并不那么凶恶,因为它们不需要保护小牛。阿克拉与灰兄弟很快完成了牛群的分离,就连六个男人也没法这样利索地把牛群分开。

"还有什么指示?"阿克拉喘着气说,"它们又要跑到一块去了。"

莫格里跨到拉玛背上,说道:"把公牛赶到左边去,阿克拉。灰兄弟,等我们走了以后,你把母牛集中到一起,把它们赶进河谷里面去。"

第三章 老虎 老虎

"把母牛赶到河岸高的谢尔汗跳不上去的地方，"莫格里大声喊道，"让它们留在那里，直到我们下来。"阿克拉吼叫着，像公牛一阵风似的奔跑出去，灰兄弟拦住了母牛。母牛向灰兄弟冲去，灰兄弟稍稍跑在它们的面前，带着它们向河谷底跑去。而阿克拉这时已把公牛赶到左边很远的地方了。

"干得好！再冲一下它们就开始跑了。小心，现在要小心了，阿克拉！你再扑一下，它们就会向前冲过去了。哦，这可比驱赶黑公鹿要来劲得多！你没想到这些家伙会跑得这么快吧？"莫格里叫道。

"我年轻的时候也……也捕猎过这些家伙。"阿克拉在尘埃中气喘吁吁地说道，"要我把它们赶进丛林里去吗？"

"嗯，赶吧！快点赶它们吧！拉玛已经狂怒起来了。唉，要是我懂水牛的语言，能告诉它今天我需要它帮什么忙，那该有多好啊！"

这会儿公牛被赶向左边，他们横冲直撞，闯进了高高的灌木丛。在两百多米外带着牛群观望着的其他放牛娃们拼命跑回村里，喊叫着说水牛全都发了狂，说它们都跑掉了。

其实，莫格里的计划相当简单。他只不过想在山上绕一个大圆圈，绕到河谷出口的地方，然后带着公牛下山，把谢尔汗夹在公牛和母牛群中间,然后捉住他。因为他知道,谢尔汗在吃过食、饮过大量水以后,是没有力气战斗的,并且也爬不上河谷的两岸。莫格里现在只能用自己的语言安慰着水牛。

阿克拉已经退到水牛群的后面,只是有时哼哼一两声,催着身后的水牛快点走。他们绕了个很大很大的圆圈,因为他们不愿离河谷太近,生怕引起谢尔汗的警觉。

最后,莫格里终于把被弄糊涂了的水牛群带到了河谷出口,来到一块急转直下、斜插入河谷的草地上。站在那块高坡上,可以越过树梢俯瞰下面的平原。莫格里仔细观察着河谷的两岸。他看见此处的河谷两岸非常陡峭,几乎是直上直下的,非常满意。而且,岸边长满了藤蔓和爬山虎,一只想逃出去的老虎,在这里是找不到出口的。

"让水牛们歇口气,阿克拉,"莫格里抬起一只手说,"它们还没有嗅到谢尔汗的气味呢!让它们歇口气。我得告诉谢尔汗是谁来了,我们已经让他落进了陷阱。"

他用双手围住嘴巴,冲着下面的河谷高喊——这简直像冲着一条隧洞叫喊一样——回声从一块岩石弹到另一块岩石。

过了很久,传来了一头刚刚醒来的、吃得饱饱的老虎慢吞吞的带着倦意的咆哮声。

第三章 老虎 老虎

"是谁在叫?"谢尔汗问。这时,一只华丽的孔雀惊叫着从河谷里振翅飞了出来。

"是我,莫格里,偷牛贼,现在是你到会议岩去的时候了!下去!快赶他们下去,阿克拉!下去,拉玛,下去!"

水牛们在斜坡边上停顿了片刻,但是阿克拉放开喉咙发出了狩猎的吼叫,水牛便一头接一头像轮船穿过激流似的飞奔下去,沙子和石头在他们周围高高地溅起。水牛们一旦奔跑起来,通常很难停住脚步。

水牛们还没有进入峡谷的河床,拉玛就嗅出了谢尔汗的气味,他大声吼叫起来。

"哈哈!"莫格里骑在他背上说,"这下你可明白了!"只见一群顶着乌黑的牛角、牛鼻子喷着白沫、鼓起眼睛的

水牛们，像洪流一般冲下河谷，如同山洪暴发时大圆石头滚下山去一样。体弱的水牛都被强壮的水牛挤到河谷两边，它们冲进了河谷两边，冲进了爬山虎藤里。它们知道眼下要干什么——水牛群要疯狂地冲锋了，任何野兽都挡不住它们。

谢尔汗听见了水牛群雷鸣般的蹄声，便爬起身来，笨重地走下河谷，他左顾右盼、东瞧西瞧，想找一条路逃出去。可是，河谷两边的陡坡是笔直的，他只好向前走走。因为肚子里沉甸甸地装满了食物和饮水，这会儿叫他干点别的什么都可以，就是不能战斗。

水牛群踩踏着谢尔汗刚刚离开的泥沼，它们不停地吼叫着，狭窄的河谷里充满了回响。

莫格里听见河谷底下传来了吼声，看见谢尔汗转过身来（老虎知道，到了紧急关头，面向着公牛比面向着带了小牛的母牛总要好一点）。

随后，拉玛被绊了一下，打了个趔趄，踩着什么软软的东西过去了。那些公牛都跟在他身后，它们迎面冲进了另一群牛当中。那些不那么强壮的水牛挨了这一下冲撞，都被掀得四蹄朝天了。这次冲刺使两群牛都涌进了平原，它们用角抵，用蹄子踩踏。莫格里看准了时机，从拉玛身上溜下来，拿起他的棍子左右挥舞。

第三章 老虎 老虎

"快些,阿克拉!把它们分开。叫它们散开,不然它们彼此会斗起来的。把它们赶开,阿克拉!拉玛!嘿!嘿!嘿!我的孩子们,现在慢些,慢些!一切都结束了!"

阿克拉和灰兄弟跑来跑去,咬着水牛腿。水牛群虽说又一次想回过头冲进河谷,莫格里却设法叫拉玛掉转了头,其余的牛便跟着它到了牛群打滚的池沼。

谢尔汗不需要牛群再去踩踏他了。他已经死了,一直在高空观望的老鹰们已经飞下来,开始啄食他了。

"兄弟们,他死得像只狗。"莫格里一边说着,一边摸着他的刀。自从他和人生活在一起,这把刀就很少派上用场了,总是挂在他脖子上的刀鞘里。"不过,反正他根本是不想战斗的,他的毛皮放在会议岩上一定很漂亮,我们得赶快动手干起来。"

一个在人群中生活的孩子,做梦也不会想到独自去剥掉一只老虎的皮,但是莫格里比谁都了解一头动物的皮是怎样长上的,也知道怎样把它剥下来。只是这件事儿确实很费力气。莫格里用刀又砍又撕,累得嘴里直哼哼,干了一个小时。两只狼在一边懒洋洋地伸出舌头,当莫格里命令他们的时候,他们就上前帮忙拽。

忽然,一只手按在莫格里的肩膀上,他回头一看,是那个喜欢挎着陶尔步枪的布尔迪。孩子们将水牛受惊奔跑的事回去一说，布尔迪便怒气冲冲地跑了出来。他本想教训莫格里不好好放牛，却发现莫格里在剥老虎的皮。两只狼看到布尔迪，立刻隐藏在附近的树林中了。

"你在做什么？"布尔迪吃惊地问道，"你竟敢剥一只老虎的皮！水牛在什么地方杀死他的？对了，死的这只老虎是不是那只瘸腿老虎？官府悬赏一百万卢比呢！好吧，看在杀死老虎的份上，我就不追究你把牛群惊散的过失了。不过，你要把虎皮给我，我去交给官府，好得到赏金。说不定我还会分一个卢比给你呢！"布尔迪说着，从身上掏出火镰，想要烧老虎的胡子。当地人有个习俗，捉到老虎后都要烧掉他的胡子，据说这样可以防止老虎的鬼魂缠住他们。

"哼！"莫格里一边剥皮，一边说，"老头，把火拿开！这张老虎皮是我的，我不会给你的。"

"你怎么敢对村里的一个老猎人这样说话？你不过是运气好一点，那群傻水牛帮了你，弄死了老虎。竟然敢说老虎皮不给我？莫格里，等官府的赏金下来，我一个子儿也不会给你了！"

"我以赎下我的那头牛起誓，"莫格里已剥到老虎的肩膀了，他说，"你少在这里像只老猿猴一样啰唆，再要我的老虎皮，小心我让你吃一顿打！"

第三章 老虎 老虎

布尔迪俯下身子,正要继续说话,一抬头,看到两只狼飞快地跑了过来,他吓得大惊失色,而莫格里仍然若无其事地继续剥着老虎皮。

莫格里轻蔑地抬起头说:"老头,赶紧滚开这里,否则,哼!灰兄弟!"灰狼听到莫格里喊他,上前走了一步。布尔迪吓得后退了几步,说实话,如果他再年轻十岁,也许会端起步枪射杀这只狼,但是现在他老了,如果他射杀这只狼,旁边那只肯定会过来咬开他的喉咙的。

布尔迪哑着嗓子说:"那只狼竟然听你的话?!好吧,算我看走了眼,你不是个牧童。你打算让你的狼兄弟把我撕成碎片吗?"

莫格里回答说:"走吧!不伤害你!只要你以后别在我的猎物身上打主意就行。灰兄弟,放他走!"

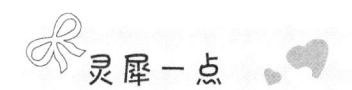

灵犀一点

聪明的莫格里巧妙地利用水牛把老虎谢尔汗踩死了,实现了当初的誓言。在决斗中,智慧永远比蛮力重要。

3

杀死老虎的莫格里,虽然替村民除了一害,但由于他顶撞了村里人的头领,被当成怪物再次被驱逐。哪里才是莫格里的栖身之处呢?

布尔迪一瘸一拐地拼命朝村里跑去,他不住地回头瞧瞧,害怕莫格里会变成什么可怕的东西。他一到村里,就讲出了一个尽是魔法、妖术和巫术的故事,就连祭司听了脸色也变得十分阴沉。

莫格里继续干他的活,直到将近傍晚,他和狼才把那张巨大的花斑皮从老虎身上剥下来。

"我们现在先把它藏起来,把水牛赶回家。来帮我把它们赶到一块吧,阿克拉。"

牛群在暮色中聚到一块了,当他们走近村子时,莫格

第三章 老虎 老虎

里看见了火光,听见海螺"呜呜"地响,铃儿"叮当"地摇。村里一半的人似乎都在大门那里等着他。

"这是因为我杀死了谢尔汗。"他对自己说。但是,一阵雨点似的石头在他耳边呼啸而过,村民们大喊着:"巫师!狼崽儿!丛林魔鬼!滚开!快些滚开!不然祭司会把你变回一头狼。开枪!布尔迪,开枪呀!"

那支陶尔步枪砰的一声开火了,一头年轻的水牛痛得吼叫起来。

"这也是巫术!"村民叫喊道,"他会叫子弹拐弯。布尔迪,那是你的水牛。"

"这是怎么回事呀?"石头越扔越密,莫格里摸不着头脑地说。

"这些村民兄弟跟狼群没什么两样,"阿克拉镇定自若地坐下说,"我看,假如子弹能说明什么的话,他们是想把你驱逐出去。"

"狼!狼崽儿!滚开!"祭司摇晃着一根神圣的罗勒树枝叫喊道。

"又叫我滚吗?上次叫我滚,因为我是一个人。这次却因为我是只狼。我们走吧,阿克拉。"

一个妇人——她是米苏亚,跑到牛群这边来了,她喊道:"啊!我儿,我儿!他们说你是个巫师,能随便把自己变成一头野兽。我不相信，但是你快走吧，不然他们会杀死你的。布尔迪说你是个巫师，可是我知道，你替死去的纳索报了仇。"

"回来，米苏亚！"人们喊道，"回来，不然我们就要向你扔石头了。"

莫格里恶狠狠地、短促地笑了一声，因为一块石头正好打在他的嘴巴上。"跑回去吧，米苏亚。这是他们黄昏时在大树下面编的一个荒唐的故事。我至少为你儿子的死报了仇。再会了！快点跑吧！因为我要把牛群赶过去了，比他们的碎石头块还要跑得快。我不是巫师，米苏亚。再会！"

"好啦，再赶一次，阿克拉，"莫格里大声叫道，"把牛群赶进去。"

水牛也急于回到村子里，他们几乎不需要阿克拉的咆哮，就像一阵旋风冲进了大门，把人群冲得七零八散。

"好好数数吧！"莫格里轻蔑地喊道，"也许我偷走了一头牛呢！好好数数吧，因为我再也不会给你们放牛了。再见吧，人的孩子们，你们得感谢米苏亚，因为她，我才没有带着我的狼沿着你们的街道追捕你们！"

他转过身，带着孤狼走开了。当他仰望着星星时，他觉得很幸福。"我不必再在陷阱里睡觉了，阿克拉。我们

第三章 老虎 老虎

去取出谢尔汗的皮,离开这里吧。不!我们决不伤害这个村庄的人,因为米苏亚待我像亲生儿子一样好。"

当月亮升起在平原上空使一切变成了乳白色的时候,吓坏了的村民看见了身后跟着两只狼的莫格里,他的头上顶着一包东西,正用狼的平稳小跑赶着路,狼的小跑就像大火一样,把漫长的距离一下子就拉近了。于是他们更加使劲敲起了庙宇的钟,更响地吹起了海螺。米苏亚痛哭着,布尔迪把他在丛林里历险的故事添枝加叶讲了又讲,最后还说,阿克拉用后腿直立起来,像人一样说着话。

莫格里和两只狼来到会议岩的山上,月亮正在下沉,他们先在狼妈妈的山洞停下。

"他们把我从人群里赶了出来,妈妈,"莫格里喊道,"可是我实现了诺言,带来了谢尔汗的皮。"狼妈妈从洞里

费力地走了出来，后面跟着狼崽儿们，她一见虎皮，眼睛便发亮了。

"那天他把脑袋和肩膀塞进这个洞口，想要你的命，小青蛙。我就对他说，捕猎别人的，总归要被人捕猎的。干得好！"

"小兄弟，干得好！"一个低沉的声音从灌木丛里传来，"你离开了丛林，我们都觉得寂寞。"巴希里跑到莫格里赤裸的双脚下。他们一起爬上会议岩，莫格里把虎皮铺在阿克拉常坐的那块扁平石头上，用四根竹钉把它固定住。阿克拉在上面躺了下来，发出了召集大会的召唤声——"瞧啊！仔细瞧瞧，狼群诸君！"正如莫格里初次被带到这里时听到的呼叫声一样。

自从阿克拉被赶下台以后，狼群就没有了首领，他们可以随心所欲地行猎和斗殴。但是他们出于习惯，回答了召唤。他们中间，有些跌进了陷阱，变成了瘸子；有些中了枪弹，走起来一瘸一拐的；另一些吃了不干净的食物，全身的皮毛失去了光泽；还有许多只狼下落不明……但是，剩下的狼全都来了。他们来到会议岩，看见了谢尔汗的花斑毛皮摊在岩石上，巨大的虎爪连在空荡荡的虎脚上，在空中晃来晃去。就在这时，莫格里编过的一首不押韵的歌自然而然地涌上了他的心头，他便高声把它喊了出

第三章 老虎 老虎

来。他一面喊,一面在那张毛皮上蹦跳,间或用脚后跟打着拍子,直到他累得喘不过气来为止。灰兄弟和阿克拉也夹在他的中间吼叫着。

"仔细瞧瞧吧,狼群诸君!我是否遵守了诺言?"莫格里喊完以后问道。

狼群齐声叫道:"是的。"一头毛发零乱的狼叫道:"还是你来领导我们吧!阿克拉。再来领导我们吧!啊,人娃娃,我们厌烦了这种没有法律的生活,我们希望重新成为自由的兽民。"

"不!"巴希里柔声地说道,"不行!等你们吃饱了,那种疯狂劲又会上来的。把你们叫作自由的兽民,不是没有原因的。你们不是为了自由而战斗过了吗?现在你们得到了自由。好好享受它吧,狼群诸君。"

"人群和狼群都驱逐了我,"莫格里说,"现在我要独自在丛林里打猎了。"

"我们和你一起打猎。"四只小狼说。

于是,从那之后,莫格里便离开了那里,和四只小狼在丛林中打猎。只是,他并没有孤独一辈子,因为许多年以后,他长大成人,结了婚。

不过,那是一个讲给成年人听的故事了。

丛林传奇

莫格里的歌

——这是莫格里在会议岩踏着谢尔汗的毛皮跳舞时所唱的歌

我——莫格里,正在唱着自己的歌,
让丛林听我唱出我的业绩。
谢尔汗说他要杀——要杀!就在大门前,
在黄昏时分要杀青蛙莫格里!
他吃饱喝足呀,睡了个够,
以后可以有力气,继续做他的美梦。
草地上就我一个人,灰兄弟来了,
来了,还有孤狼,
有头大猎物正在漫步。
瞧,那头高大的公水牛挡住了他,
这蓝皮的公牛,
瞪着两只愤怒的大眼睛。
听我的命令,来回追赶。
你还在睡吗?谢尔汗?醒来,快醒来吧!
我来了,那群公牛在我身后。
水牛之王在怒吼,它急得直跺脚。

第三章 老虎 老虎

谢尔汗啊，谢尔汗，你在哪里？

他不是老鼠不会挖洞，不是孔雀不会飞。

不是蝙蝠不会吊枝头。

小竹子，告诉我他跑哪儿了？

哇！他在那儿，他在水牛之王的脚底下。

躺着的瘸子，起来呀！谢尔汗，你的威风哪去了？

杀呀！这是一顿美餐，快咬断公牛的脖子。

可惜，他睡着了，没有人能叫醒他。

天上的老鹰看见了，

从天下俯冲下来开始啄食他。

地上的蚂蚁围了上来，围着他的身体开庆贺大会。

我没有衣服裹住自己，老鹰看到了我的赤身裸体。

把你的外衣借给我吧，谢尔汗呀！

就是你那身花纹外衣。

穿上这身衣服我就可以到会议岩去，

凭着那头公牛我要兑现当初的诺言。

那匕首是人用的东西，我用它割取我的礼物。

亲爱的丛林我的家，谢尔汗把他的外衣给了我。

皮衣服好重啊！灰兄弟，快点帮我呀！

谢尔汗的皮衣真重啊！

瞧，人群生气了，

拿起石头扔向我们,叽叽喳喳说傻话。

我的嘴角出了血,我得赶紧逃走了。

趁着夜色,我们躲开村庄的灯光,

朝着天际低垂的月亮跑过去。

人类把我看成异类,

就像当初狼群把我当成人类一样,把我赶出去。

我对他们并没有伤害,他们却害怕我。

这是为什么?

唉!狼群,你们也把我抛弃了。

丛林把我关在外面了。

村庄的大门也把我关在外面了。

这是为什么?

就像蝙蝠芒格流窜在走兽和飞禽之间,

我也流窜在村庄和丛林之间。

这是为什么?

在谢尔汗的毛皮上跳着舞,我的心情很沉重。

村庄里扔过来的石头砸破了我的嘴巴,

不过我的心啊,却很轻松,因为我又回到了丛林。

这是为什么?

这两件事情在我心里直打架,就像春天里扭打的蛇。

我的眼睛里流出了泪水,我的心里却在大笑。

第三章 老虎 老虎

这是为什么?
整个丛林都知道我杀死了谢尔汗,瞧呀!仔细瞧!
众狼啊!我的心啊,好沉重,
里面装的东西,我不明白。

灵犀一点

凡事都有因果,捕猎别人的人迟早会被别人捕猎。同样,只有付出真心才能得到真情。

第四章

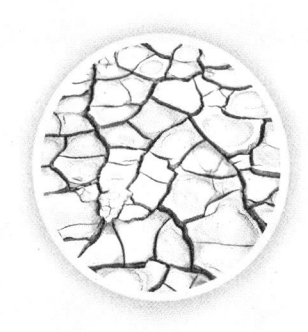

恐惧是怎么来的

缺水的池塘已干涸,
朋友之间不分彼此。
口干舌燥身上有土,
大家挤在河岸不肯离去。
断水的恐惧占满心底,
没有心思捕猎杀敌。
小鹿抬头偷看母鹿,
瘦狼、小鹿一样悲戚。
公鹿昂首四处环顾,
要把杀鹿的狼牙看个清楚。
池塘缺水小溪干枯,
都是伙伴不分你我。
等到云起雨落重新开战,
缺水过后再动干戈。

丛林传奇

1

有一年,丛林中发生了大旱,所有的植物都干死了,动物们为了生存,不得不实行取水休战令……

丛林法律是世界上最古老最原始的法律,这部法律内容翔实,涉及丛林居民可能遇到的所有问题。即使到了今天,这部法律仍然像流传千年的习俗一样经得起时间的推敲。

大家还记得前面讲述的莫格里在西奥尼狼群中度过的漫长时光吧?他从棕熊巴鲁那里学习丛林法律时,时常感到厌倦。每次他不耐烦时,巴鲁就会耐心地告诉他说,丛林法律就像一根藤鞭,随时抽打在每一个丛林居民的身上,谁也无法避免。

巴鲁还语重心长地说:"小兄弟,等你像我这么老时

第四章 恐惧是怎么来的

就会明白,整个丛林受到一部法律的约束时,的确不是件愉快的事情!"

这些话莫格里一边听一边忘,就像耳旁风一样。对于一个只知道吃饱了就睡觉,睡够了就玩耍的孩子来说,除非亲身经历危险,否则是不会为任何事情发愁担忧的。

但是,这样的光景终于到来了,巴鲁的话变成了现实,莫格里终于明白,整个丛林果真受到了同一部法律的制约。

事情发生在一年冬天,那个冬天一直没有下雨,豪猪伊基在一片竹林中遇到了莫格里,他无限悲哀地说:"所有的野木薯都快干死了,可怎么办啊?"

莫格里漫不经心地回答道:"这跟我有什么关系呢?"大家都知道,豪猪有一个别人看来很可笑的习惯,那就是他所能吃的食物必须是完全熟透了的、品质很好的东西,否则,他宁肯挨饿也不会吃。

听到莫格里的回答,伊基耸耸肩,用嘲讽的语气问道:"小兄弟,你还到蜜蜂岩下面的水潭里扎猛子吗?"

"当然不去了!水潭里的水都干涸了,水潭里只看到一些石头,你想让我的脑袋去撞石头吗?我可不会那么傻!"莫格里自认为他比丛林居民中的任何一位都具有智慧。

"这就是天旱给你带来的损失！这个小小的变化但愿能让你变得更加聪明！"伊基说完，连忙低下自己的脑袋，他在防备莫格里伸手拽他鼻子上的刺。

莫格里把伊基的话告诉巴鲁，巴鲁的神情变得非常严肃，他自言自语地说道："假如我是孤身一个，我会赶在其他丛林居民考虑前就开始思考是不是该换个地方生活了。不过，在陌生的环境中，当地的居民会与我们搏斗，那样就会伤害到我的人娃娃。唉！我们还是等到达克树开花的时候再决定吧。"

可是，那年的春天，巴鲁深爱的达克树压根没有开花，所有的花蕾在由青色转变为白色的初期，就被滚滚热浪扼杀。巴鲁在树下抬起前掌，摇晃着树干，只有为数不多的几片花瓣散落下来，而且这些花瓣的香味也不如往年浓郁。渐渐地，热浪的袭击从丛林边缘往丛林深处蔓延，所经之处，所有的植物由绿变黄，直至焦黄变黑。峡谷两侧的坡地上，原本生长着的植物和干枯的藤条被烧灼成一层层僵死卷曲的薄膜。

草丛深处的水潭也彻底干涸，潭底的泥土干硬开裂，纵横交错地张着一道道大大的口子。原来柔软的攀缘藤早已从烤焦的树干上滑落，枯死在树的根部。枯萎的竹子被热风一吹，发出刺耳的响声。丛林深处的岩石上面，覆盖

的苔藓早已干枯剥落。所有的石头就像溪中的青石一样，光秃秃地泛着刺眼的白光。

鸟类和猴子年初便已迁往北方，因为他们有预知天气的本领。鹿和野猪饥渴难耐，闯入附近农民的耕地中间。偶尔也有野猪眼睁睁地饿死在人们的眼皮底下，而那些人同样虚弱到没有任何力气来捕捉他们了。

老鹰兰恩不但没有离开本地，而且还吃得膘肥体壮，因为饿殍腐肉随处可见，根本不用他费心费力地到处找寻。每天晚上，兰恩都会向野兽们发布一些消息，说是毒烈的太阳已经把方圆几公里的范围都烤成一片死亡的焦土，而所有的野兽想要离开此地已经晚了，因为他们都早已虚弱到没有力气走路了。

莫格里以前根本不知道什么是真正的饥饿，现在，他每天只能依赖腐败难吃的蜂蜜来维持生命了,那东西是从岩石上刮下来的,足足搁了三年之久,黑得像焦炭,表层干巴巴地结了一层灰尘状的糖霜。偶尔,莫格里也会找一些活的动物吃,不过是从树皮下面捉些虫子,或者将大黄蜂的幼虫吞进肚子里。丛林中的捕猎高手也都饿得皮包骨头了。巴希里在一个晚上可以捕到三头猎物,却还是填不饱肚子。大家吃尽了缺水的苦头,他们很少有机会喝水,只要找到泉水,就会痛饮一番。

干旱地区不断扩大,炎热没有丝毫消退的迹象,丛林中凡是有水的地方都在迅速消失,最后,连主河道也仅仅剩下一道细细的水流。河的两岸没有任何植物还有生命,成了干黄的死土地。一百多岁的野象哈蒂看到裸露的河床和暴露在溪水外面的青色石脊,知道自己已经看到了和平岩,于是,他高高举起自己的鼻子,像他父亲在五十年前所做的那样,大声宣布"取水休战令"。鹿、野猪、野牛听到这个口令,立刻用嘶哑的声音响应了这道命令。老鹰兰恩则飞到空中绕着大圈子,不停地盘旋着,尖声传达着这道命令。

根据丛林法律的规定,在宣布取水休战令之后,如果谁敢在饮水处捕猎,就要被丛林众居民判为死刑,原因就是饮水比进食更加重要。猎物稀少的时候,大家还可以相互捕猎,但是,水就是水,如果只剩下一处取水的地方,捕猎就应当停止,这样丛林居民就可以高枕无忧地喝足水了。年景好的时候,水源充足,到任何一处水源喝水的居民都会冒着生命危险,因为即使到了夜晚,在水源处守株待兔仍是许多动物喜欢的狩猎方式。通常情况下,动物们要想到河边或者其他水源处喝水,就会轻轻地摸向河边,尽量不会发出声响,在掩盖一切喧嚣的浅水中涉水。然后匆匆大口喝上几口水,抬头四下观察一下,再低下头喝几口水。它们每次喝水时,浑身的肌肉都绷得紧紧的,随时准备为可能出现的危险而奔跑。就这样,一直喝到肚子滚圆才转身离开水边。这一切,正是令鹿群羡慕让年轻雄鹿感觉刺激的景象,因为它们知道,巴希里和朗格里随时都可能朝它们扑过来,毫不犹豫地咬死它们。此时,生死游戏的乐趣已经不复存在了,极度饥饿疲惫的丛林居民开始涌向水流越来越细的河边,大口大口喝着已开始发臭的河水。老虎、狗熊、鹿、野牛、野猪等都聚集在一起,待在水边不肯离开,大家精疲力竭,实在打不起精神离开这处唯一还在流水的地方。

鹿和野猪已经到处搜寻了一整天,想找到比干树皮和枯枝叶更好些的食物。水牛根本找不到能泡在水里凉爽身子的水塘,吃到绿色的庄稼也成了一种奢侈的梦想。许多蛇也都离开了丛林，它们蜿蜒爬行到河边饮水，盼望着会有青蛙可以捕到。它们有气无力地盘绕在石头上，一头到处寻找食物的猪不小心把它们拱到一边，蛇们也懒得计较了。

河龟早已被聪明的猎手巴希里捕杀光了，小鱼儿都躲到了干裂的石头缝隙中苟且偷生。只有和平岩像条长蛇一样横在浅浅的水面上，河水拍在干热的岸边，发出无精打采的声音。

莫格里每天晚上都要到河边来乘凉、访友。在这样的时刻，他的天敌都怕得要命，根本不会打这个人娃娃的主意。莫格里赤裸的皮肤与其他动物比起来，使他显得愈发干瘦可怜。他的头发在太阳暴晒下变成了亚麻色，他的肋骨一根一根清晰可见，使他的胸脯像一只柳条筐。

莫格里一向习惯手足并用的行进方式，这时，他的膝盖和肘关节变得十分突出，仿佛枝干骨节。莫格里的眼神在浓密的头发遮盖下倒是显得特别稳定，完全没有急躁或者不安的表现。他的朋友巴希里教导他，捕猎要缓慢，行动要沉静，在任何时候都要保持心情平和，不乱发脾气。

"这是一个邪恶的时期！"在一个闷热的夜晚，黑豹巴希里说，"不过，我们一定会活下去的，邪恶终究会过去，再坚持一下。你的肚子填饱了吗，人娃娃？"

第四章 恐惧是怎么来的

"我倒是吃了些东西,不过没有多少营养,你说是不是雨水把我们给忘了,再也不会回来了呢?"莫格里说。

"我不这么认为,人娃娃,放心吧!我们会看到达克树开花,会看到小鹿吃着新长出的青草,会看到他们一个个撑得肚儿圆圆,长得粗粗壮壮的!走吧!打起精神来,到我背上吧,小兄弟,我带你到和平岩去打听一下消息。"巴希里说着,蹲下了身子。

"还是不要到你背上了,巴希里,现在我们都要保持体力,我们都这么瘦弱了,我还是自己走吧!"

巴希里听莫格里这样说,望着自己乱蓬蓬的身体,低声说道:"昨天晚上,我捕杀了一头套着车轭的小牛。是啊,我现在又瘦又矮,如果那头牛没有套着车轭,我是断断不敢扑上去猎杀它的。"

莫格里笑了,自信地说:"不错,我们现在都成了了不起的猎手了,我现在的胆子也变大了,都敢吃蛤蚧了。"他俩边说边踩着噼啪作响的灌木丛,下山朝谷底的河边走去,一路上都会看到水退下去的痕迹。

"河里的水也不会流得长久了,你看,岸边那条小道像是人踩出来的痕迹。"

河岸远处的平原上到处是枯死的水草、枝条,它们全都直挺挺地立着,就像活活被制成的木乃伊一样。野猪和

丛林传奇

鹿踩出来的痕迹全部通向河边,高好几米的草丛里被各种动物踩出许多条小道,它们全都通向河底,把毫无生机的平原踩出一道道条纹。

此时,虽然天刚蒙蒙亮,可是每条道上都挤满了去河边的居民,远处甚至可以听到小鹿和小羊打喷嚏的声音。

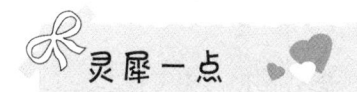

灵犀一点

动物们也尝到了缺水的苦头。水是生命之源,节约用水,人人有责。

◉ 第四章 恐惧是怎么来的

2

在宣布取水休战令后,当所有动物都聚集在和平岩附近取水时,那会是个什么情形呢?

河水上游,和平岩水洼处,站着取水休战令的执行者——野象哈蒂及他的三个儿子,他们不停地摆动着身体,在黑暗中不停地晃动。哈蒂的旁边是几头领头的鹿,鹿群旁边站着野牛和野猪。水洼对岸,高耸的树木一直长到水边,形成一道天然的屏障,那片地方分给了食肉动物——老虎、狼、豹、熊等。

巴希里站在浅水里,望着对面眼睛圆睁的鹿群和互相推推搡搡的野猪,感慨地说:"我们现在的确在执行同一部法律,我的兄弟姐妹们,祝你们捕猎愉快!"巴希里说完,就把整个身子躺在了水里,只露出脑袋和上半身。接着，他像是自言自语地低声说道："如果不是丛林法律的禁令，这会儿准有一场愉快的捕猎！"

听力超强的鹿群听到巴希里这样说，惊恐地喊起来："休战令！别忘了我们的休战令！"

"肃静，肃静！"哈蒂哈哈笑了起来，"巴希里，休战令还在继续，现在不是讨论捕猎的时候！"

巴希里一听，连忙把脑袋转向上游，辩解道："尊敬的执行官，我当然比谁都清楚！我要捕捉的是乌龟，因为它们捕食青蛙。如果我能吃到树叶，我肯定不会去吃肉了！"

"我们也希望有树枝可吃！"一头春天刚刚出生的小鹿附和道。虽然他并不喜欢吃树枝，而喜欢吃青草。所有丛林居民此时都瘦骨嶙峋,哈蒂看了他一眼,禁不住笑了。

莫格里躺在温暖的水中,放声大笑,两只脚上下乱踢,溅起一片水花。

"讲得好,小鹿!"巴希里也哈哈大笑起来,"为了你这句话,即使休战令结束了,我也不会袭击你的!"巴希里在黑暗中仔细辨认着那头小鹿,以便记住它的样子。

这番话慢慢在饮水区传遍了,大家能听到野猪又是推搡又是哼哼,要求得到更加宽松的环境。水牛也踉踉跄跄地发出"咕噜咕噜"的声音,能听到他们互相讲述着长途跋涉却找不到食物的心酸经历。大家不时向水洼对面的食肉动物提几个问题,可是得到的答案糟糕透了——热风一遍遍呼啸着吹过丛林,干枯的树枝哗啦啦作响,把尘土与树枝都带到了水里,水越来越浑浊。

"人类也一样,他们有渴死在犁锄旁边的!"一头年轻的小鹿说道,"从日落到夜幕来临,我们一路上碰到三个死人,他们躺在地上一动不动,他们的小牛还在身边套着犁耙呢!也许,用不了多久,我们也会躺倒不动吧!"

"河里的水位昨晚又降低了,哈蒂,你以前经历过这样的干旱吗?"巴鲁忍不住问道。

"会过去的,会过去的!"哈蒂用鼻子往自己的身体上喷着水,没有正面回答。

"可是，我们这里也有一位忍耐不了多久了。"巴鲁说着，朝他喜欢的人娃娃莫格里看去。

"说我吗？"莫格里愤然还击，他从水里坐起身来，生气地冲巴鲁说，"我不过没有长毛覆盖着瘦骨嶙峋的身体罢了，如果把你身上的毛拔光，巴鲁，说不定……"

哈蒂听了这话，吓得浑身发抖。巴鲁严厉地说："人娃娃，你太没有礼貌了！怎么可以这样对你的法律老师说话呢？除非我死了，否则没人会看到我没毛的样子！"

莫格里一看自己的老师生气了，便盘腿坐在水中，像往常那样比画着对巴鲁解释道："巴鲁，我没有恶意！我只是想说，你像一只包着棕皮的椰子，而我是一只剥了皮的秃椰子。现在，你因为有皮，看起来……"

"越说越不像话了！"巴希里看着玩着水的莫格里说道，"刚才说要拔巴鲁的毛，现在又说他是带皮的椰子。当心他像一只熟椰子一样对付你！"

"会怎么样？"莫格里不解地问道。这是丛林居民都普遍知道的常识，莫格里却不知道。

"砸碎你的脑袋！"巴希里平静地说，再次把莫格里摁倒在水里。

"拿你的老师取笑可不好。"当莫格里第三次被巴希里摁倒在水里时，巴鲁说。

第四章 恐惧是怎么来的

"不好?你又能指望他什么呢?这个光溜溜的东西到处乱跑,像猴子一样喜欢嘲弄猎手,拉扯我们高贵的胡须取乐!"这时,老虎朗格里走了过来,他是谢尔汗的兄弟,对莫格里充满仇恨。他朝水深处走去,故意在那里停留了片刻,好让对岸的鹿群引起骚动。接着,他低下头喝了几口水,大声咆哮道:"丛林快变成这个裸体人娃娃的游乐场了,成了他到处捣乱的地方。看着我,人娃娃!"

莫格里狠狠地瞪着老虎朗格里,用他有生以来最傲慢的姿态瞪着他。对视了一会,朗格里被莫格里不眨眼球的瞪着感觉到不安,他转过头去,不再看莫格里,嘴里嚷嚷道:"你们总是说他是什么人娃娃,整天人娃娃长,人娃娃短,我看他既不是人娃娃,也不是狼崽儿,否则,他会害怕的!可他的眼神没有一点恐惧,我看下个季节,我恐怕要向他请示后才能喝水了。"

"或许有一天会是那个样子的!"巴希里直勾勾地盯着朗格里的眼睛说,"那一天或许真的会到来,朗格里,你又自讨没趣了吧?"

朗格里把下巴和下颚都浸在水里,下游水面立刻漂起一层黑乎乎的油污。

"人?哼!我一小时之前就刚刚吃了个人!"朗格里自言自语地嘟囔着。

那一群野兽立刻交头接耳起来，不一会儿，他们窃窃私语的声音越来越响亮，渐渐变成叫喊声："他杀人了！他杀人了！他杀了个人！"所有的目光都聚集在野象哈蒂的身上，可是，哈蒂像没听到一样，面无表情。只有那些年长的丛林居民才知道，哈蒂其实在思考，他在没有做出决定前，从来不会乱发脾气，在时机成熟前，更不会采取行动。这正是他修身养性、健康长寿的秘诀。

"在这样恶劣的气候下还去杀人，难道就没有更好的猎物可杀了吗？"巴希里轻蔑地从已被污染的水里抽出身子，然后以猫科动物特有的方式抖动着爪子。

"我才不是为了填饱肚子才去猎杀呢！我是为了显示威风！"朗格里傲慢地回答。

恐惧的低语声再次传播开来，大家议论纷纷。

这时，哈蒂警觉的小眼睛转向朗格里。"我正是为了显示威风才来这里，"朗格里漫不经心地说，"我来喝水，洗澡，弄干净皮毛，谁敢有反对意见呢？"

巴希里的脊背渐渐弓了起来，弯曲的像风中的竹子。哈蒂举起长长的鼻子，用平静的语气开口了："你捕杀是为了显示威风吗？这样就显得你很气派对吗？"

"的确如此！这是我的权利，也是我的威风！哈蒂，这个你应该知道的。"对于哈蒂的问题，朗格里是这样回答的。

"不错,我的确对你的为人知道一些。"哈蒂说完这话,顿了顿,接着说,"你喝饱了吗?"

"今晚是喝够了!"

"那好,请你离开!这水是供大家饮用的,不允许任何人故意玷污!这个年头谁都遭难,人和丛林居民一样不能幸免。不管你是否洗干净了,都请你马上离开这里,回到自己的巢穴去!"哈蒂的声音越来越严厉,最后这一句就像吹响了战斗的号角一样,哈蒂的三个儿子一齐向前挪动了半步。

朗格里立刻跳出水面,落荒而逃。他不敢继续叫嚣下去,因为他的心里很清楚,继续嚣张下去不会有好结果的,因为最终哈蒂才是丛林法律的主宰者。

"朗格里说的那是什么权利?"莫格里凑到巴希里身边低声问道,"杀人永远是可耻的!丛林法律有这一条,可哈蒂说……"

"问他吧,小兄弟,我不知道。无论正确与否,假如哈蒂不开口,我一定会上去撕碎朗格里的。刚杀了人还跑到和平岩,而且不以为耻反以为荣,简直比豺还无耻!更叫人不能接受的是,他竟然把一池好水给玷污了!"

莫格里沉默了片刻,鼓起勇气对哈蒂说:"喂,哈蒂!

朗格里的权利是什么?"两岸所有的动物都听到了莫格里的问话,立刻小声议论着。他们对刚才的一幕也不理解,也对这件事非常好奇。只有巴鲁没有附和,他皱起眉头,在思考着什么。

"那是老话了!"哈蒂回答说,"那个规矩比丛林的年纪还要古老,大家安静一下,我这就向大家讲讲这个故事。"

猪和水牛推搡了一会,只听他们的头领大声喊道:"您说吧,我们都听着呢!"

哈蒂向前迈开大步,直到和平岩旁边的水没到他的膝盖才停下来。他虽然很老了,身体非常瘦弱,皮肤满是皱纹,长长的牙齿早已由白变成了黄色,但他仍然威风凛凛,很有丛林主人的派头。

第四章 恐惧是怎么来的

"孩子们,我们都知道,"哈蒂接着说,"所有动物都怕人。"大家纷纷表示赞成。

"这个故事与你有关,小兄弟。"巴希里对莫格里说。

"我?错了!我属于狼群——是自由兽民中的猎手,"莫格里奇怪地说,"我跟人有什么关系呢?"

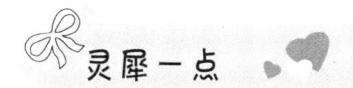

灵犀一点

说话有理有据,行事有度,任何时候都不能过分,都要遵守法律法规。

3

野象哈蒂给大家讲述了关于恐惧的古老传说。

"你们不知道自己为什么害怕人,"哈蒂接着说,"很久很久以前,丛林诞生之初,谁也不知道具体是哪个年代,我们丛林居民走到一起,谁也不知道什么叫恐惧,那时,没有干旱,没有天灾,树上都长着茂密的树叶,地上开着鲜艳的花朵,到处都是丰盛的果实。我们都一样,不吃别的东西,只吃青草、树叶、花朵和树皮。"

"我很幸运没有生活在那个年代,树皮也能吃?它只能用来磨爪子。"巴希里小声嘟囔着。

"那时,主宰丛林的始祖象名叫塔。他用长长的鼻子把丛林深处的水拖出来,然后用长鼻子在地面上刨出一条壕沟,后来壕沟就成了河。他踩过的地方就变成了湖泊与清水潭。他用鼻子一喷，树枝都落了下来，在这条河的周围逐渐长成原始丛林。是始祖象——塔，创造了丛林。这就是我给你们讲的故事。"

"我对这个故事的真实性产生了怀疑。"巴希里低声说道。莫格里听到后，顿时捂着嘴巴偷笑起来。

"那个时候，没有玉米，没有甜瓜，没有胡椒，没有甘蔗，也没有大家现在常看到的小茅屋，丛林居民根本不知道什么是人，大家都平等地生活在丛林中，就像一个大家庭的成员一样。但是，不久，食物问题成了许多动物之间争论的焦点。牧草是足够吃的，可是大家都太懒惰，不想离开附近的家，每只动物都是吃了睡，睡了吃，懒散这个毛病一直遗传到今天。"哈蒂继续讲他的古老的故事，"即使现在，春雨充足、食物丰沛的时候，我们也只想休息懒散一下。但是，当时的始祖象正忙着创造新的丛林，挖掘新的河流，他根本没有精力管理丛林。于是，始祖虎出来替他管理这个丛林。丛林居民之间发生了纠纷，都要这只始祖虎出面解决。当时，始祖虎和大家一样，靠吃草维持生命，他的体形跟我一样大，长得也十分漂亮，全身的颜色就像黄藤开的花一样亮丽。在那丛林初期的美好时光里，老虎身上是没有斑纹的，丛林居民在他身边根本不会感到恐惧，他的话在丛林中就是法律。大家都知道，所有动物都是一个种族。可是,有一天晚上,两只雄鹿发生了矛盾,它们争执起来,都在为一块草皮的所有权而据理力争。最后,那两只雄鹿找到始祖虎,让他给主持公道,评评理。当时,始祖虎正躺在鲜花丛中休息,一只雄鹿不小心用鹿角顶了他,始祖虎大怒,忘记了自己是丛林的主宰,他一下子扑到顶他的那只鹿身上,张口就咬断了那只鹿的脖子。"

听到这里,大家一下子静了下来,都用期待的目光盯着哈蒂。哈蒂顿了顿接着说:"那天晚上之前,我们丛林里没有杀死过一个动物。始祖虎见自己闯了祸,闻到血腥味后吓得不知所措,连忙逃到北方的沼泽地带了。丛林居民从此失去了法官,陷入了一次又一次的争斗之中。大家有的说东,有的说西,但当大家看到丛林中那只死鹿时,都惊呆了,但因为没有亲眼看见是谁干的,大家都傻了眼。血腥味实在太难闻了,于是,始祖象塔出面让丛林居民把那只死去的鹿掩埋了。始祖象塔还让低垂的树枝和缠绕在树上的藤萝在杀鹿的凶手身上做出标记,以便让他知道凶手是谁。之后,塔又问该由谁来做丛林的主宰时,生活在树上的猿自告奋勇地说,他要做丛林的主宰。塔笑着答应了,说完就走了。

"孩子们,我们都熟悉猿的,它们那时的样子与现在没什么区别。起初，它装扮成明智的样子，可是，没过多久，便开始乱抓乱挠起来，上蹿下跳，没有一点威严。塔回来时，正好碰到猿头朝下倒挂在树枝上，嘲笑着其他丛林居民。显然，大家也不服它的管教，也在嘲笑它。这样，丛林中没有一点规矩了，只有一片混乱。

"不得已，塔又重新把丛林居民召集在一起，非常痛心地说：'你们的第一个主宰给丛林带来了死亡，第二个主宰给大家带来了耻辱。现在，到了该有一部法律的时候了，要有一部大家都不能违反的法律。现在，你们应当知道什么是恐惧了，等你们见到它的时候，你们就会知道，它便是你们的主宰了，大家必须服从它。'当那些居民们问：'恐惧是什么？'塔告诉大家：'你们去找吧，去找到它，会找到的。'于是，大家四散而去，在丛林各处开始寻找恐惧，忽然，水牛群一片躁动……

"不错,的确是水牛群。它们带回来的消息说,在一个山洞中蹲坐着恐惧,那动物身上没有长毛,起身时用后腿直立,根本不用前腿。丛林居民便跟随水牛群来到一处山洞前,它们说的恐惧就站在洞口。他就像水牛描述的那样,身上没有皮毛,还用后腿站立。看到大家围了过来,他厉声大喊,大家顿时感觉毛骨悚然,连忙后退,撒腿就跑。因为看到那个动物之后,大家都无缘无故地感觉到害怕了。后来,我听说那个晚上,丛林居民没有按照风俗住在一处,而是各种族的居民聚成一堆——猪跟猪睡在一起,鹿跟鹿睡在一起,长角的、有蹄的……各自跑到一处。一句话,就是长相一样的都凑成了一群。

"只有始祖虎没有跟大家凑在一起,因为他此时仍然躲藏在北方的沼泽地里。后来,他听说大家在洞口见到一种可怕的动物,就赶紧过去看看。结果在他赶路的时候,树枝和藤萝没有忘记塔的命令,纷纷垂下枝条,在始祖虎身上画着记号,枝条接触到的皮毛之处留下了黑色的条纹。直到今天,它们的后代身上还长着那些条纹。始祖虎来到山洞前,那个身上没长毛的家伙伸出手指,指着他,称他为浑身长满条纹而见不得人的家伙。始祖虎害怕这个不长毛的动物盯着他的样子,便大叫着落荒而逃,继续躲藏在沼泽地带了。"

第四章 恐惧是怎么来的

莫格里听到这里,将下巴伸到水里,偷笑起来。

"由于始祖虎嗥叫的声音太响亮了,塔听到后问道:'你的声音怎么这么悲伤啊?'始祖虎抬起头,望着刚刚创造的天空说道:'塔,请把我的权利还给我吧。我在整个丛林面前丢尽了脸面。一个身上不长毛的家伙羞辱我,吓得我逃跑到这儿来。'塔问道:'为什么呢?'始祖虎回答说:'因为他用手一指,就把我身上溅上了许多污泥!你看,我的身上一条一条的,布满了条纹。''那你去水里游泳,或者在草地上打几个滚,如果你身上是他给溅上的污泥,一定会掉落下来的。'塔刚说完,始祖虎便跳进河里洗澡去了,上岸后,又在青草地上打了几个滚,可是,他身上的条纹丝毫没有减少,反而更加清晰了。塔望着他,笑了。始祖虎便问塔:'为什么会这样呢?为什么我身上的条纹洗不掉呢?'塔一本正经地说:'因为你杀死了鹿,你把死亡带进了丛林,随着死亡到来的就是恐惧,所以,丛林居民现在开始相互害怕了,就像你害怕那个不长毛的动物一样。'始祖虎不解地说:'他们用不着害怕我,我与丛林居民本来就是朋友。'塔说:'你自己去看看吧,看看他们会不会害怕你。'于是,始祖虎四处走动着,大声招呼碰到的野猪和水鹿等森林中所有的动物,没想到,那些动物一看见始祖虎,都吓得掉头就跑,全部逃之夭夭了。

因为它们害怕成为下一只被杀死的雄鹿。

"于是，始祖虎垂头丧气地拖着脚步回到塔身边，他的脑袋耷拉下来了，他抬不起脚，结果在地上画了一道道沟壑。始祖虎不甘心地说：'别忘记了，我曾经是他们的主宰！塔，别忘了我呀。让我的后代都记住，我有过没有恐惧、没有羞耻的过去。'塔说：'放心吧！我会记住的，因为你和我共同目睹了丛林的创造。每年要有一个作为你和你的子孙们的节日——就像你杀死雄鹿之前那样。如果你见到身上没长毛的东西——他们的统称叫人，你不会害怕他，但他会害怕你。那一夜，你是他的主宰，是一切的主宰。在这个夜晚，你要对他的恐惧表示怜悯，因为你知道什么叫恐惧了。'

"接着始祖虎回答道：'这我就满足了。'始祖虎走到河边喝水，从水中的倒影看到自己身上的黑色条纹，想起身上不长毛的家伙对他的轻蔑称呼，不由得心里恼火。他在沼泽地里按捺着性子生活了整整一年，等待着塔兑现自己的诺言。一天晚上，月亮、星星升到丛林上空，他突然觉得这个夜晚如此美好，于是到那个山洞里去找那个不长毛的家伙。事情正如塔所言，不长毛的家伙吓得倒在始祖虎的脚下。结果，始祖虎扑上去，一脚踩断了他的脖子。始祖虎以为，丛林中只有这个不长毛的家伙才是恐惧，这一脚他以为把恐惧消灭掉了。然而，没过多久，他的脑袋上方空响起塔的声音，始祖象特有的洪亮的声音从北方森林中传来……"

正在这时，干旱龟裂的山丘上响起一阵"轰隆隆"的雷声，但是雷声并没有带来雨滴。

哈蒂接着说："他听到不知从哪里传来的低沉的声音，那声音好像在问：'那就是你的怜悯吗？'始祖虎舔了舔嘴唇说：'那又怎么样呢？我消灭了恐惧。我杀死了那人人都害怕的没皮毛的家伙，现在，我又可以成为森林的主宰了。'

"塔冷笑着说：'丛林居民再也不会回到你身边了，他们再也不会拥护你，不会跟随在你身后，也不会在靠近你的地方睡觉了，更不敢到你的巢穴去拜访你。他们要你脚下的地面开裂，让藤蔓缠绕你的脖子，让你周围长起大树，那大树将高得令你再也攀爬不上去。最后，他们会剥你的皮，为他们的孩子缝制衣服。你没有对他们表示出怜悯，他们也不会以怜悯回报你！'

"始祖虎非常鲁莽，因为属于他的夜晚还没有结束，他说：'你的诺言是要算数的，你不会把没过去的夜晚白白地收回去吧？'塔回答说：'这个夜晚是属于你的，这个我保证，但你要为此付出代价。你已经教会了人类杀戮，

要知道，人类可不像你这么笨。'

"始祖虎说：'他现在就在我脚下，他的脖子已被我折断，告诉整个丛林居民吧，我消灭了恐惧！'

"塔听了这话笑道：'你不过杀了千千万万个人当中的一个，你自己要去告诉整个丛林——你的夜晚结束了！'

"天亮了，从山洞里跑出另一个人，他看见路上的尸体和站在尸体旁边的虎，便取出一根带着尖尖刺的棍子……

"'他们现在要用利器了！'伊基说完，沿着岸边赶紧逃走了。冈德人认为伊基是种美食，曾经向他使用过这种利器，所以伊基一看到那个没长毛的人拿出利器来，就害怕得逃走了。那些冈德人使用起那根利器，就像飞翔的蜻蜓一样灵巧。

"这是一根带尖的棍子，跟他们放在陷阱底部的东西一样。"哈蒂说，"那个人随即抛出棍子，前面的尖部一下子深深地插进始祖虎的身体，始祖虎疼得哇哇大叫着逃向森林。这下，整个丛林的居民都知道了这件事。知道那个不长毛的人可以不用靠近你就能袭击到你，他们会系绳索、挖陷阱、扔飞镖、设骗局，还会射来像火烧一样的东西（哈蒂指的是火枪）。他们知道，所有这一切都是始祖虎教会人类的，他教会人类杀戮。人类举着红花，把丛林

第四章　恐惧是怎么来的

居民赶到开阔地。这样，每年有一天夜晚，老虎会成为主宰，会见人就杀，而人类从来不甘示弱。只要过了那一夜，不长毛的人就会变本加厉地回来报复，这样，其他所有的日子里，丛林中就会时时刻刻存在着恐惧和不安全感。"

"啊！啊！"鹿听完这话叫了两声，知道这对他们意味着什么。

"我们只有在危及生命的恐惧面前，才会忽略其他一些小的譬如小小争执类的恐惧。在面临大恐惧面前，我们往往更能齐心协力聚在一起。"

"人只有一天晚上是害怕老虎的吗？"莫格里小声问道。

"是的，一年只有一个晚上。"哈蒂说。

"但是丛林中的居民都知道，朗格里每个月都会杀三个人呢！"莫格里说。

"尽管如此，他也是从人的背后扑上去的，而且袭击的时候脑袋还偏向一侧，因为他自己心里其实也是害怕得要命。假如人瞪着眼睛一直看他，他就会落荒而逃的。不过，到了属于老虎的夜晚，他就会公开冲到人居住的村子里。他会在各户人家之间穿行，把脑袋探进房门的门廊。人们都会脸朝下扑倒在地上，任凭他杀害。每逢这样的夜晚，他都要杀死一个人。"

"这样啊！"莫格里在水里翻了个身，自言自语地说，"难怪朗格里让我看他的眼睛。这一点他并不擅长，因为他的目光还不能像人那样保持长久的稳定。另外，我保证，我不会倒在他脚下。因为，我并不是一个人，我是属于狼族——自由兽民的。"

"噢，那么，"巴希里拖着长腔说，"老虎知道属于他的夜晚是哪一天吗？"

"月亮如果被乌云挡住的时候，他根本不会知道。属于老虎的那个夜晚在有些年份是一个干燥的夏夜，在有些年份是一个湿润多雨的夜晚。但是，对于始祖虎来说，这个夜晚根本没有恐惧，我们大家也不会感到害怕。"哈蒂说。

鹿悲哀地哼了一声，巴希里问道："可是，人类知道这个故事吗？"

"除了老虎和塔的后代——大象之外，任何人都不知道。不过，现在，池水边的居民们也都听到了，我刚刚已经把它讲出来了。"哈蒂坦然地说，然后把鼻子伸进了水里，表示他不想继续讲下去了。

"但是……但是……但是，"莫格里转向巴鲁问道，"为什么始祖虎不继续吃青草和树叶呢？他现在只会把鹿的脖子咬断，并不一定去吃。是什么让他开始专门吃生鲜肉的呢？"

"树枝和藤萝在他身上打下了印记，小兄弟，使他变成了我们现在知道的这种浑身带有条纹的模样。他无法洗去这个印记，便怀恨在心，从那天起就专门开始报复食草动物了，所以，他只捕杀食草动物，并逐渐养成了习惯。"巴鲁说。

"这么说，你原来就知道这个故事了？为什么我从来没听你讲起过呢？"莫格里不解地问。

"小兄弟，因为丛林里到处流传着这样的故事。假如我开个头，相信大家会没完没了地接下去说。放开我的耳朵，小兄弟！"巴鲁被莫格里扯痛了耳朵，皱了皱眉头说。

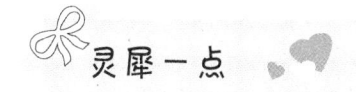

灵犀一点

事出必有因，无论出现什么变故，都要从头细细寻找根源。就像老虎变得爱吃人，动物之间弱肉强食、互相杀戮都是有原因的。

丛林传奇

附：

丛林法律

为了让大家了解丛林法律的内容，先把其中一些适用于狼群的抄在这里。这些内容，巴鲁平时总是喜欢以唱歌的形式背出来。法律的种类千千万万，但这只是简洁的统治样本。

就是这部丛林法律，像浩浩苍天古老真实；
守法的狼活得很好，违法的狼难免意外死。
就像藤蔓缠绕树干，法律把众狼聚在一起；
狼的力量贵在成群，团结的力量势不可当。

每天洗澡从头到尾，天天喝水但不能过量；
记得出猎要在夜晚，白天睡觉在自己窝里。
豺狗随虎吃剩汤饭，长出胡须后你要懂得；
狼是猎手自己觅食，不劳而获非狼的本质。

丛林之王是虎豹熊，一定和他们和平共处；
沉默的哈蒂惹不得，窝里的野猪也别激怒。

第四章 恐惧是怎么来的

一群狼遇另一群狼,如果谁也不肯向后退;
那就等首领去交涉,讲公道才是众望所归。

假如与对手打起来,那就独自走开再较量;
不能让别的狼帮忙,打架会削弱狼群力量。
狼窝是狼的避风港,找个地方自己建家园;
首领也不能随便进,开会也不能随便占据。

狼窝是狼的避风港,狼窝建得要十分显眼;
会议就要送个通知,要他把家园重新搬迁。
半夜三更捕到猎物,勿把丛林居民都吵醒;
免得吓跑地上的鹿,让你的兄弟们空欢喜。

全家吃饭靠你捕杀,你是一家老小的依靠;
捕杀绝不能为取乐,戒逢人就咬不顾死活。
如果抢了弱者的食,别一得意就全吞下肚;
弱狼也有生存权利,给他留食就是讲义气。

狼群的猎物和鲜肉,就地吃光不允许遗留;
谁敢把肉私拿回窝,群起而攻之他没活头。
独自捕猎自己的肉,怎么处理全由着自己;

丛林传奇

除非得到他的允许，狼群不得争抢而吞下。

一岁幼崽享有权利，狼群要对他加以保护；
猎手吃过要让他吃，谁也不能让他饿肚子。
母亲的权利叫窝权，窝里的一切她说了算；
谁的猎物她都可要，养活一窝幼崽好充饥。

父亲的权利叫洞权，他可以自己出去捕猎；
他可不听首领召唤，除非有会议传达告诫。
头狼年老足智多谋，臂力超群爪子更坚硬；
法律若有遗漏之处，头狼的话即法须执行。

这些就是丛林法律，多如牛毛像山一样重；
纵然法律千头万绪，归根到底就是：服从！

第五章

丛林吞噬村庄

快把这些遮盖围起来，
花草藤蔓全都来覆盖。
让我们把那个种族都忘了，
模样、气味、声音统统丢掉。
祭坛堆满厚厚的黑灰，
天空下起密密的雨点。
荒芜的土地母鹿徘徊，
神态安详不再提心吊胆。
一堵堵围墙轰然倒塌，
从此不再是人居住的家园。

1

逃回丛林的莫格里才安心地待了两天，猎人布尔迪就来杀他了。

大家一定还记得，前面我们说过，莫格里杀死瘸虎谢尔汗之后，把他的皮钉在了会议岩上。莫格里对西奥尼狼群中剩余的狼说，他要独自到丛林深处捕猎生活。当时，和他从小一起长大的四只狼崽儿说要跟随他一起去生活。

但是，突然改变生活习惯可不是件容易的事情，尤其在瞬息万变的丛林之中。那些残余狼群散去之后，莫格里做的第一件事就是回到他家的那个山洞里，沉沉地睡了一天一夜。醒来后，他把自己在人群中所遭遇的一切告诉了狼爸爸和狼妈妈。他手里那把剥下谢尔汗毛皮的刀子，在阳光的照射下闪耀着冷冷的光。狼妈妈慈爱地说他的确学到了不少本领。接着,阿克拉和灰兄弟叙述了那天他们在峡谷中赶水牛的出色表现,就连巴鲁也呼哧呼哧地爬上山坡,专门来听他们的故事。巴希里也一起来了,当他听到莫格里准备战斗的情形时,禁不住乐得上下乱抓乱挠起来。

太阳已经升到了半空,大家依然精神振奋,没有丝毫睡意。狼妈妈不时地扬起脑袋,深吸一口气,会议岩上虎皮的气息被风吹了过来,她闻了闻感觉很是惬意。

"如果没有阿克拉和灰兄弟,我是做不到这些的。"莫格里最后说道,"妈妈,妈妈,亲爱的狼妈妈,要是你亲眼看到当时那气势磅礴的水牛群拥入山谷的场面,还有水牛群冲进人群的寨门时,他们用石头打我的情形,你会感到更精彩的!"

"我很幸运没有亲眼看到,我的小青蛙,"狼妈妈很是不安地说,"我可不忍亲眼看见我可爱的娃娃像豺狗一样挨打受骂,让人驱逐。我真想让那个村子里的人受到惩罚,他们应该为他们所做的一切付出代价。不过,我会放过那个给你奶喝的女人,不错,我只饶过她一家人。"

"冷静,冷静,拉克夏!"狼爸爸一下子打断了狼妈妈的话题,"我们的青蛙莫格里又回来了,而且他还比以前聪明了,他的亲生父亲不配当他的爹。他头上的那个伤口是怎么弄出来的?以后别去惹那些人了!"

巴鲁和巴希里也这么说:"是的,少去惹那些人!"

莫格里把脑袋靠在狼妈妈的身上,脸上露出幸福的微笑。他说,他打心眼里讨厌那些人,他再也不想看到他们的模样了,不想听到人的声音,也不愿意闻到人的气味。

"可是,我的小兄弟,"阿克拉竖起一只耳朵问道,"假如你不去惹人类,而人类偏偏要来惹你,让你不得安宁怎么办呢?"

"我们五个一起对付他们!"灰兄弟看了看他的狼兄弟们,咬牙切齿地说。

"如果真是那样,我们也愿意加入到你们的捕猎队伍之中。"巴希里轻轻地摇了摇尾巴说,"可是,阿克拉,你怎么在这个时候想到人呢?"

"是这样的,"阿克拉回答道,"那张黄毛黑条纹的皮子就钉在会议岩上,我沿着来路回过那个村子,不时地左右走动着,把脚印全踩得乱七八糟的了,这样,那些人就不会顺着脚印找到这里了。我做完那些事后,准备回家时,蝙蝠芒格告诉我说,自从村里人赶走了人娃娃莫格里,那帮人现在就像炸了锅一样,四处乱撞。"

"哈哈,"莫格里笑着说,"那是我扔出一块石头击中了一只马蜂窝,没等马蜂追上,我立刻跳进附近的水潭里躲了起来。"

第五章 丛林吞噬村庄

"我问芒格看到了什么。他说,寨门口开着一大朵红色的花,男人们都端着火枪。所以,我判断出一个情况。"说到这里,阿克拉望了望身子一侧的伤口,继续说道,"那些人手持火枪可不是为了玩的,小兄弟,我担心用不了多久,他们会循着咱们的脚步找到这里,对我们进行攻击。说不定,这会儿他们已经在路上了。"

"他们为什么要这么做呢?我已经被他们赶出来了。他们还想怎么样呢?"莫格里气愤地说。

"因为,你是个人,小兄弟。"巴希里回答道,"你的兄弟们做了些什么,或者说为什么要那么做,我们自由捕猎的兽民们怎么会知道?"

突然,那把剥下谢尔汗毛皮的小刀从莫格里手里飞了出去,巴希里连忙躲开,那刀一下子插入他脚下的土里了。

莫格里的袭击速度如此之快,谁也没看清他是怎么出手的。"下次,再把我和人类扯在一起,有你好看的。以后谁要将我跟人扯在一起说,我会不客气的。"

阿克拉嗅了嗅地面上的刀痕说:"跟人群生活在一起,把你的视力搞坏了,小兄弟。有你扔刀子的时间,我早把一头鹿咬死了。"

话音刚落,巴希里突然跳起身来,他伸长脖子,用鼻子使劲嗅着,有一股风带来一些异样的气味。灰兄弟也像他一样站起身来，稍稍靠近他，以便嗅到来自右边的风。巴希里一个箭步跑到上风处，半蹲着身子，一动不动。

莫格里观察着这一切，心里怀着嫉妒。他的嗅觉一向很好，但是绝对不像丛林居民一样敏锐。再说，他在人的村子里住了一段时间，习惯了人的味道之后，反而让他的嗅觉变得迟钝起来。他舔了舔指头，揉湿了鼻子，站直了身子，捕捉高处的气味，那气味淡淡的，却非常真实。

"是人！"阿克拉丧气地大叫了一声。

"是布尔迪！"莫格里也坐在地上说，"他追寻我们的足迹而来。看呢，黑黑的枪管闪着亮光！"

瞬间，火枪上的枪管处闪耀着的特有的光一闪而过，丛林中没有任何一种东西会发出那样的光芒。

"我知道人类终究是会追踪来的，"阿克拉得意地说，"没有超狼的本领，我怎么可能成为狼群的新首领呢？"

莫格里的四个狼兄弟什么话都没说，匍匐着消失在长满荆棘的树丛中。

"你们要去做什么？怎么什么都没有说？"莫格里高声问道。

"不到中午，我们就会把布尔迪的脑袋搬到这里。"灰兄弟回答道。

"回来！不许去！赶快回来！人不吃人！"莫格里厉声

第五章 丛林吞噬村庄

喊道。

四个兄弟听话地跑回来,趴在地上不说话。

"刚才是谁说自己不是人的呢?是谁嫌我将他与人扯在一起,要拿飞刀来伤我的呢?"巴希里问道。

"难道还要我讲什么丛林法律的大道理吗?"莫格里生气地说。

"人就是这样,总是他有理。"巴希里小声嘟囔着,"人们在奥德普尔王宫国王的笼子里就是这样说的。我们丛林居民以为人是最聪明不过的。如果能听懂他们说的话,准会认为他们其实比任何一个丛林居民都愚蠢!"

巴希里还不解气,提高了嗓门继续说道:"人娃娃说的这话很有道理,人捕猎的时候成群结队。除非我们知道他们要做什么,否则,杀死一个人不是一个好主意。走,我们先去看看，这个人上我们这儿来做什么吧。"

"我们不去！"灰兄弟低声吼道，"独自去捕猎吧，小兄弟。我们的脑子十分清楚，我们已经错失了良机，这会儿本该让那个人的脑袋滚到这里的。"

莫格里望着一个个朋友，不由得心潮起伏，眼睛里闪着泪花。他走向前，单腿跪了下来，说："难道说我的头脑不清醒吗？望着我！"

大家不安地望着莫格里，他们的目光游移着，回避着他的直视。莫格里一再要求他们注意力集中，但他们最后浑身的毛都竖起来了，四条腿都在发抖，莫格里却不断地盯着他们看。

"现在，告诉我，"莫格里问道，"我们五个谁是头领？"

"你是领头的。"灰兄弟舔舔莫格里的脚说道。

"那就跟我来吧。"莫格里说。四个兄弟夹着尾巴跟在他身后。

"看看吧，现在掺进了人类生活的经历，"巴希里说着，跟在他们身后，"现在丛林里有了丛林法律之外的内容了，巴鲁。"

老棕熊什么也没说，脑海里却浮想联翩。

莫格里悄无声息地穿过丛林，斜着插入到布尔迪行走的路上。离开一片树丛之后，他看到了那个老头。只见他肩膀上扛着老式步枪,跟随他们原来留下的零乱的脚印,像一条狗一样快速奔走着。

大家还记得,在莫格里肩膀上扛着谢尔汗那张沉重的湿虎皮离开村子时,阿克拉和灰兄弟跟在他身后跑,他们不经意间在地上留下了深深的印痕。

这时,布尔迪来到大家熟悉的地方,就是上次阿克拉故意把脚印踩乱的地方。他坐下来,又是咳嗽又是嘟囔,还朝四周扔了几块石头,看有没有动物受惊跑出来。除了狼之外,别的动物不会像狼那样好好地隐藏起自己,每次布尔迪都差点击中监视他的群狼。尽管狼感觉莫格里纯属多余,应该按他们的意愿,悄悄扑上去咬断布尔迪的脖子,但也不得不承认,其实莫格里在藏身时也是非常巧妙的。

他们在暗处早已把这个老头团团围住,还不住地交头接耳说:"这比平时我们的捕猎可来劲得多!"只见布尔迪弯下腰,喘着粗气四下乱瞅。"他那模样就像丛林中的迷路笨猪。"灰兄弟说。

突然,布尔迪大声喊了起来。

已能听懂人话的莫格里翻译道:"他说准有一群狼围在他身边跳舞,他这一辈子从没见过这么多狼的脚印。他还说他累了。"

"他继续寻找前肯定会休息的。"巴希里围在一棵树后面像捉迷藏一样转动着身子。他冷冷地说:"那个没能耐的老头要干什么呢?"

"吃进烟,又吐出来。人类就喜欢玩弄嘴巴。"莫格里说。是的,他们包围圈中的这个老头正在抽着水烟袋。他点上火,抽着,再吐出来。大家在这一刻都记住了水烟的味道,以后,他们就会凭这样的味道认出布尔迪的。

接着,几个烧木炭的人沿着小路走了过来,他们停下脚步与布尔迪交谈几句。布尔迪自然又是添油加醋地把魔鬼莫格里捉住老虎的故事再讲一遍。他说,杀老虎的本是自己,可是莫格里突然变成一只狼,自己与他周旋了半天,正要举枪射击时,莫格里又变成了孩子。结果,他瞄准的是莫格里,打死的却是自己的水牛。布尔迪还说,村里人已把米苏亚和她的丈夫关了起来,因为他们是那个狼崽儿的父母。只等米苏亚和丈夫承认他们是妖孽,就会放火烧死他们。

"是什么时候呢?"烧木炭的人很是好奇,他们也想去观看那种仪式。

布尔迪说,在他回去之前,村里人不会采取任何行动,因为村里人都要他把丛林中的那个孩子先杀死,然后再处决米苏亚夫妇。

布尔迪讲得头头是道,把曾照料狼孩莫格里的米苏亚

第五章 丛林吞噬村庄

夫妇视为妖孽，说悉心照料魔鬼的自然是最恶劣的妖孽。

"可是，假如英国人知道这件事怎么办？"烧木炭的人还不死心，因为他们听说英国人非常疯狂，他们不会允许农民们随便杀人。

"这有何难？村长会向他们报告说，米苏亚和她丈夫被蛇咬死了。这一切都已安排妥当，现在只等杀死那个孩子了。你们难道没有碰到那个家伙吗？"布尔迪问道。

那些烧木炭的人小心翼翼地向四周看了看，为自己没有碰到那个可怕的孩子而庆幸。不过他们相信会有人遇到的，那就是勇敢的布尔迪。

太阳已经西沉，他们决定到村子里去看看。布尔迪说，自己的职责是杀死那个狼孩，他不忍看到一群手无寸铁的人受到丛林中那个小魔鬼的伤害。他要一显身手，捕杀那个孩子，让村子里的年轻人看看他这个西奥尼山最优秀猎手的英姿。他说，祭司已给他一种符咒，专门对付邪恶的动物，绝对万无一失。

"他说什么？他说什么？他说什么？"狼兄弟们每隔几分钟就会问一遍莫格里，莫格里就会逐字逐句地翻译给他们听。后来，对妖孽他无法解释，只好解释说，对自己最疼爱的那个男人和女人掉进陷阱了。

"难道人还用陷阱捕捉人吗？"灰兄弟不解地问。

丛林传奇

"意思我知道,但具体我听不懂这段话。反正是米苏亚和她丈夫因为我的缘故被他们关起来了。说要把他们关在陷阱,还有什么要用红花烧他们等。我必须注意一点,不管他们怎么处置米苏亚,只要这个布尔迪不回去,他们是不会动手的。所以……"莫格里思考着,手指不停地玩弄着那把剥皮的刀子。这时,布尔迪与烧木炭的人一块走远了。

"我必须火速赶到人群中去。"莫格里说。

"那些人呢?"灰兄弟瞪着一双饿狼的眼睛,望着烧木炭的人那古铜色的背。

"唱上几声,送他们回家。"莫格里咧着嘴笑了,"天黑之前,我不希望他们回到村子里,你们能拖住他们吗?"

灰兄弟轻蔑地说:"我们可以把他们玩得团团转,他们就像拴在绳子上的牲口。"

"不需要那样,对他们唱唱,免得他们路上寂寞。我说,灰兄弟,不要唱那种太过于甜蜜的。巴希里,你跟他们一块去吧,凑个热闹。等到夜幕降临,灰兄弟到村子里去见我——你知道那个地方的。"

"天太黑了,你一个人娃娃能找到路吗?再说我什么时候才能睡觉?"巴希里打了个哈欠说。不过,他的眼睛里闪着光芒,显然,他对这场游戏也很感兴趣:"好吧好

第五章 丛林吞噬村庄

吧,对一些身上没毛的家伙唱歌,也很有趣吧?"

于是,巴希里俯下身子,以便让自己的声音传播得更远,然后他开口唱道:"祝你们捕猎愉快!"在下午唱出午夜应该唱的歌曲,简直不伦不类,把狼兄弟们都逗笑了。

莫格里开始在丛林中奔跑,他听到身后忽高忽低的歌声,觉得好笑,那些歌声在人们听来就是可怕的嗥叫。那声音渐行渐远,莫格里禁不住笑了。他可以想象着布尔迪举起猎枪东指西瞄就是打不着目标的可笑模样。

"呀——啦——嘿!呀——啦——嘿!"这是灰兄弟驱赶雄鹿和羚羊的声音,另外三个兄弟听到灰兄弟号召,连忙呼应。传入莫格里耳朵的似乎是所有狼群此起彼伏的呼喊,每一段都是狼群所熟悉的乐曲。那些乐曲所表达的意思可以用下列歌词来描述:

丛林传奇

我们刚才在猛烈地奔跑,
穿过草原不留痕迹,
他们跟着脚印来追寻,
我们只好飞快地逃命。
破晓时分丛林格外寂静,
仿佛长辈在叮嘱:"休息好,
守护丛林法律的众生!"

大家纷纷躲藏起来,
无论长角还是长毛的,
全都钻进山洞不敢乱动,
枉为丛林英雄。
其实遇到的只是人赶着耕牛,
拉着耕地的新犁套,
这时天空霞光万丈,
红光照亮了所有树梢。

回窝去吧,太阳炫目。
新的小草钻出了地皮,
一阵声响穿过绿色丛林,
发出的警告响彻耳畔。
白天的丛林如此陌生,
我们睁大眼仔细来看,

第五章 丛林吞噬村庄

野鸭在天空大声歌唱,
白天向来属于人间。

露水打湿的皮毛已晒干,
前面的道路也非常宽敞,
河岸边的那片泥泞,
这时已结成硬块一片。
黑暗是叛徒把我们出卖,
脚爪留踪深深浅浅,
仿佛听到在喊:"休息了,
守护丛林法律的众生!"

任何书面语言都无法表达当时在的效果,四只狼一齐在白天唱着黑夜的歌曲。他们的语气中带着轻蔑,因为他们听到那些人匆匆爬上树的声音。那些人吓得躲在枝叶背后,布尔迪开始念叨着咒语。后来,那些人大概累了,竟然趴在树上睡着了。

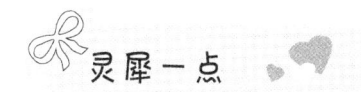

灵犀一点

害人之心不可有,防人之心不可无。虽然莫格里无意招惹人类,但有人还是不想放过他。

2

莫格里去村里救受自己牵连的米苏亚夫妇,他会顺利吗?

与此同时,莫格里连续跑了许多路,他跑得飞快,内心却是高兴的。他发现,自己虽然在人群中受了几个月的约束,但身体依然十分健壮。此时,他只想尽快把米苏亚和她的丈夫救出来,不论那是个怎样的陷阱。其实,他是下定决心的,为了救出米苏亚夫妇,他必须向那些村民讨债了。

直到夜幕降临,莫格里才看到自己熟悉的牧场,以及他杀死谢尔汗那天灰兄弟隐藏在后面等待他的那棵达克树。虽然他对村子里的人充满仇恨,但当莫格里看到村子里的那些房屋时,还是有些激动。他注意到,大家比平时

第五章 丛林吞噬村庄

从地里回家的时间早些了,他们并没有动手做晚饭,却陆陆续续聚集在村子里那棵菩提树下瞎扯、吹牛、乱嚷。

"人为什么一定要设陷阱害人,否则就会不安心,是吗?"莫格里自言自语,"两个晚上之前,你们害的人是莫格里,今天晚上,竟然轮到害米苏亚夫妇了。再过许多夜晚,可能又会轮到害我莫格里了。"

莫格里沿着墙边潜行,来到米苏亚的茅屋前,他从窗户往里张望,只见米苏亚手脚被捆绑着,连嘴巴也给堵上了。她呼吸困难,发出微弱的呻吟声。她的丈夫则被捆在床架上,她家的大门紧闭着,门外有四五个人把守。

莫格里对村民们的习俗早已熟悉,按他的理解,那些人只要有饭吃,可以闲聊,别的什么事都不想做。但是,一旦他们吃饱喝足,就会无事生非。布尔迪用不了多久就会回来,他们很快就会对米苏亚动手的。于是,莫格里迅速从窗户跳进茅屋,弯下腰将米苏亚和她丈夫身上的绳索割断,并且拔出塞在他们嘴里的东西,然后在屋内找到牛奶,并把牛奶拿给米苏亚夫妇喝。

米苏亚已被疼痛和恐惧折磨得快疯了。上午,人们一直在毒打她。如果不是莫格里及时捂住她的嘴,她会尖叫起来。她丈夫恼怒地整理着自己的胡子,他的胡子也是被扯得乱蓬蓬的。

"我知道……我知道你会来的,"米苏亚终于抽泣着说道,"现在,我明白了,你真的是我儿子。"她把莫格里搂在胸前。在这之前,莫格里一直非常冷静,但就在米苏亚拥抱他的一瞬间,他浑身颤抖起来。

"他们为什么要绑你们?"莫格里用生硬的人话问。

"因为养了你这样的儿子,要被处死——还有什么?"男人忧郁地说,他的身上在流血,气得咬牙切齿。

"是谁干的?血债一定要用血来偿还。"

"全村人干的。我太富裕了,我的牛太多,因为我收留过你,所以,她和我就成了妖孽。"

"我听不懂,米苏亚,你说给我听。"莫格里说。

"我给你喝牛奶,纳索,还记得吗?"米苏亚胆怯地说,"因为你是被老虎叼走的孩子,因为我爱你,他们就说我是你的妈妈,是魔鬼的妈妈,因此必须得死。"

"我见过死。"莫格里说,"可是,魔鬼又是什么?"

那男人目光忧郁地盯着他看。米苏亚笑了:"瞧!我知道,我说过他不是妖孽,他是我儿子,是我儿子!"

"无论如何,他来救我们了!他是人是妖有什么关系呢?我们都是死过一回的人了。"男人说。

"你们快走吧,到丛林中去。"莫格里指着窗户说。

"可是,我们并不知道丛林的路,可能走不了多远。"

第五章 丛林吞噬村庄

米苏亚说。

"噢!"莫格里用剥皮刀拍打着掌心说,"我可不希望伤害村里的人,尤其是现在。不过,他们不会让你们活太久的……"莫格里正说着,听到外面一阵喧嚣声,"不好,布尔迪回来了!"

"你见过他吗?"米苏亚哭着问,"他早上说是去杀你的。"

"见过了,所以知道你们的遭遇。你们要尽快考虑好到哪里去,我回来时告诉我。"莫格里说着,跳出窗户。他贴着墙边,这样就能更清楚地听到菩提树下人们交谈的内容了。

布尔迪正在咳嗽、喘息,很多人在问他问题,他头发散乱在肩膀上,手脚因为爬树蹭破了一点皮,几乎说不出话来。接着,他要水喝,开始提到魔鬼和魔鬼唱歌的情形。

"呸!简直是胡扯!"莫格里生气地说,"他们就跟班达拉猴子一样,只会闲扯,瞎聊,竟然还编故事骗人。竟然连看守米苏亚的人都去听他胡扯。"

莫格里悄悄返回茅屋,到了门前,他的脚下一下子碰到了什么东西。"妈妈!"他对那种感觉太熟悉了,"狼妈妈,你到这里来干什么?"

丛林传奇

"我听到丛林中我的孩子们在唱歌,就跟着我喜爱的孩子过来看看。小青蛙,我渴望见到喂你牛奶的女人。"狼妈妈累得汗水直流。

"人们把她捆起来,准备杀死她。我把她身上的绳索割断了,要放她和她男人去丛林。"

"我也跟他们去,我虽然老了,不过牙齿还没有掉光。"狼妈妈向黑洞洞的窗户里望了望。

片刻过后,她又悄无声息地站直了身子,说:"是我最初喂养了你,不过,巴希里说得对,人娃娃终究是要回到人群中去的。"

"也许吧!"莫格里说,但他的表情却不怎么开心,"狼妈妈,你站远点,别让她看到。"

"放心吧,小青蛙。"狼妈妈退回到高高的草丛中藏身,她对隐藏非常在行。

"听着,"莫格里跳进茅屋说道,"他们现在正围在布尔迪身边,听他讲今天下午的经历。一会儿就会过来用小

第五章 丛林吞噬村庄

红花烧死你们。怎么办？"

"我对男人说了，"米苏亚说，"我们去卡尼瓦拉，那里有白人，他们会救我们。"

"那好，我们赶紧走吧。"莫格里没看到那个男人，接着问，"他呢？"

"他在取藏的一点钱，其他东西我们就不带了。"米苏亚说。

"那种互相传递来传递去的冷冰冰的东西有什么用？"莫格里有些生气地问道。

男人瞪着莫格里说："你不是魔鬼，而是个小傻瓜。有钱，我们可以买一匹马，我受伤了，跑不了多远。村里人会追上我们的。"

"我敢保证，除非我允许，他们赶不上。不过，买匹马是个好主意。"于是，莫格里扶着疲惫不堪的米苏亚越过窗户，男人随后跟着跳了出来。米苏亚被风一吹，精神了许多。

星光下的黝黑丛林显得有些可怕。莫格里低声问道："你们知道去卡尼瓦拉的路吗？"

"知道。"

"好。记住，别害怕，用不着走得太快。在丛林里，你们周围只有几声轻柔的歌声……"

"冒险走丛林，我们会不会躲过火烧，却被野兽吃掉呢？"男人担心地问。

"我说，在丛林中，如果没有我的命令，谁都不敢追你们。"莫格里转向米苏亚说："他们是保护你们的，没有谁能阻拦你们。我的伙伴唱歌时，你男人会害怕，他不相信我，你相信吗？"

"当然，我亲爱的儿子。"米苏亚点点头说，"无论你是魔鬼还是人，我都相信你！"

米苏亚扑倒在莫格里的脚下，哭泣起来。莫格里连忙把米苏亚扶了起来。

"如果我们能安全到达卡尼瓦拉，我一定会找到白人，起诉村长，起诉头领，起诉所有想侵占我们财产的人。"男人说，"我能打赢官司，我要让正义得到伸张！"

"我知道什么叫正义，但是……"莫格里说，"你们回来也许什么也看不到了，谁知道呢！"

于是，米苏亚夫妇向丛林走去，狼妈妈一下子从她的藏身之处跳了出来。"跟上，"莫格里说，"要让整个丛林居民保证这两个人的安全。稍微喊上几声，我要喊巴希里了。"

长而低沉的吼声此起彼伏，米苏亚的丈夫吓得后退了几步。莫格里连忙鼓励他说："这就是我说的歌声，放心大胆地走吧！他们是保护你的，还从来没有人享受过这样的待遇呢！"

米苏亚鼓励丈夫往前走，他们很快消失在黑暗的丛林中。

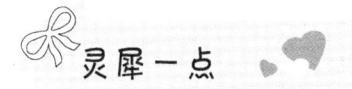

灵犀一点

莫格里成功救出了米苏亚夫妇。爱的力量是无穷的，让他有勇气面对一切。

3

莫格里为了复仇,要将村庄的村民全部赶走,他会得到丛林主宰者哈蒂的同意吗?

巴希里来到莫格里身边,高兴地唱起了歌。这样的夜晚让所有丛林居民都很兴奋。

印度的村庄充满了各种味道。"你既属于丛林,又属于人类,小兄弟,不过我爱你!"巴希里说。

"那些人在树下说得闲话够多的了,布尔迪一定讲了许多胡编的故事,他们很快会到这里来。他们要把米苏亚夫妇投进红花里,不过,他们很快就会发现,他们的陷阱坏了。"莫格里笑了起来。

"别出声,听,我的血液已经沸腾了!"巴希里边说边跳进了茅屋,"就让他们看到我在笼子里,看他们谁敢过

第五章 丛林吞噬村庄

来捆绑我。"

"那就保持清醒的头脑啊!"莫格里笑着说,他也像黑豹一样跳进了茅屋里。

"呸!这地方充满人臭味,不过这儿有张床倒是跟我当初在奥德普尔那间牢笼里的那张差不多。那我就躺下吧。"莫格里听到床木被压断的声音。"凭我打断的锁链起誓,他们准会把我当成一头大猎物。小兄弟,快坐到我身边来。我们齐声对他们唱'祝你捕猎愉快'!"

"不!我另有主意,我要让那群人以为我没有参与这场游戏。"莫格里说,"你自己捕猎吧,我不想看见他们。"

"那好!"巴希里说,"你听,他们来了!"

远远地听到有人在说话:"先打他们一顿再说,烧死那对妖孽,烧死他们的儿子,烧毁他们的茅屋……"

他们到了,却怎么也推不开门。因为门被从里面关上了。外面的人使劲撞击着大门,蜂拥的人群将大门整个撞坏了,他们高举着火把来到屋内,只看见一头黑豹躺在床上。顿时,他们吓得魂飞魄散。随即,他们争先恐后地朝门外挤去,巴希里只是打着哈欠,故意满不在乎地伸着懒腰。不一会儿,那些人全都跑回自己家里,紧闭大门,街上连一个行人都没有了。

巴希里起身回到莫格里身边,平静地说:"天亮之前,他们绝对不敢挪窝的。现在做什么呢?"

整个村子笼罩着死一般的寂静。他们仔细听着,可以听到很多拖木箱顶门的声音。天亮之前,村子里不会有什么行动了。莫格里躺在草地上思考了起来,不知不觉睡着了。

醒来后,他发现巴希里还站在他身边,脚下有一只刚刚捕到的雄鹿。莫格里抽出剥皮刀,切了点肉吃,又喝了些血。巴希里好奇地看着他,说道:"那个女人和男人已经到达卡尼瓦拉了,你妈妈让兰恩回来传话说,他们在路上找到了一匹马,所以很快就到达那里了。"

"不错!"莫格里说。

"今天上午太阳老高了,村里人也没敢外出,他们吃了饭又回到自己窝里了。"

"你亲眼所见?"

"我想是的。破晓前我到寨门那打了个滚,还哼了几只小曲。其他的我可什么都没有做。现在,那个男人和女

第五章 丛林吞噬村庄

人安全了,咱们去找蜂窝吧。忘记这儿的人群吧!"

"会忘记的!"莫格里说,"哈蒂昨晚在哪儿吃饭?"

"他肯定还在老地方。"

"那好,巴希里,你去帮我求哈蒂的三个儿子到这里来,就说青蛙莫格里找他们有事。"

"他们可不会轻易过来。"

"不!我要对他们发号施令,让他们到青蛙莫格里这里来。假如他们不听,就跟他们说是因为波特普邦遭抢劫的事。求你跑一趟吧!"

"波特普邦遭抢劫,"巴希里小声重复着,生怕忘了,"我走了,如果哈蒂听到这个坏消息,要发脾气的!我宁愿一个月不捕猎,也不愿意去传这话。"

巴希里走后,莫格里生气地把剥皮刀插进地里。他第一次闻到人血的味道,米苏亚留在绳索上的血让他很是恼火。米苏亚是那么善良、慈祥,他不知道该怎样用人类的语言来形容米苏亚的爱了。莫格里憎恨那些村民,憎恨他们的语言、行为、残忍、愚昧。所有这一切,起因就是布尔迪在菩提树下讲了一个故事。莫格里有了自己的主意,不禁冷笑起来。

正在这时,巴希里回来了,他低声对莫格里说:"口令有用了!他们在河边吃饭,听到口令就过来了!"

莫格里也看到了，哈蒂父子像往常一样，悄无声息地站在旁边，身上还沾满了泥巴，在人娃娃面前完全不是一个丛林主宰者的样子。

莫格里摇晃了几下脑袋，开口说话了："今天，我也给大家讲个故事，是昨天你追逐的那个猎人以前讲的。他说有一只年迈的聪明大象，有一天掉进了陷阱里，脚立刻被尖桩所刺伤，尖桩穿过脚心刺到肩膀，留下大大的伤疤。"莫格里顿了顿接着说："人们把他从陷阱里拖了上来，给他绑了绳索。不过他力气很大，把绳索挣断了。后来，那头大象养好伤逃跑了。再后来，他怒气冲冲地跑到农民的田地里，把所有的庄稼踩了个稀巴烂。接下来是收获的季节了，哈蒂，后来你说——"

哈蒂扭头看了看自己肩膀上的伤疤，笑着说："我们父子四个把庄稼全部捣毁了，把种庄稼的人都赶跑了。"

"再后来呢？"莫格里问。

"我们把他们的房屋踩平了，从此，那里成了一片丛林。我们从东到西赶了三个晚上，再也没有人踏进那片地方。这就是我和我的三个儿子夺取波特普邦土地的故事。人娃娃，你是怎么知道的？"哈蒂说。

"是一个人告诉我的。这个人自称是最好的猎手，他叫布尔迪，现在我知道，他也会说点真实的故事了。"莫格里继续说,"昨天,他们要把一对好人送进红花陷阱里,要烧死他们,他们欺负弱者、懒惰、残忍、毫无理智。这是我亲眼所见,该怎么办呢?"

"那就杀!"哈蒂最小的儿子说。

"白骨有什么用?我杀了老虎谢尔汗,可还是肚子空空的。我不要他们死,我只要他们的村庄并入丛林,我要更多的土地。"莫格里转向哈蒂说,"哈蒂,你觉得呢?"

巴希里不由得颤抖着,即将发生的事情他可以想象——狼、大象、豹、熊……统统拥进村庄,耕作的人四处乱窜,他们的房屋很快夷为平地,最后长出树木和青草,成为一片丛林……

"让他们像波特普邦人一样逃离土地,让雨林枝叶的声音取代纺车,让祭祀的房屋当我和巴希里的住处,让鹿到神殿后面的水槽里饮水。哈蒂,让丛林吞噬村庄吧!"

"可是,我没有与这里的人发生冲突,没有动力去做这些事情啊!"哈蒂摇摇头。

"难道丛林中没有别的食草动物了吗?把你的同类招来,让鹿、猪和羚羊帮你。"

"不会发生杀戮吧?我的牙齿在捣毁波特普邦时就沾上了红色的血,我可不想再闻血的味道!"哈蒂说。

"我也不想!但他们不能赖在这里,我不想看到白骨。

我已经看到过人血,是养我的女人身上留下来的,我必须让这里长出青草,才能去掉那邪恶的味道!"莫格里说。

"那年春天,他们的村子里长出青草前,我的肩伤一直让我痛苦不堪,我理解了!你的战争就是我们的战争,那就让丛林吞噬村庄吧!"哈蒂终于下定了决心。

"凭我打碎的铁锁起誓,"黑豹说,"你还是我认识的青蛙莫格里吗?是那个在狼群中不长毛的人娃娃吗?丛林的主宰,我老的时候,你也要替我说说情,替巴鲁说说情,我们不过是你脚下的枯枝,是丧偶的雄鹿。"

巴希里竟然说自己是只丧偶的雄鹿,莫格里感到好笑。笑过之后,他又痛哭流涕,然后跳进了水塘,自由自在地游起来。

与此同时,哈蒂的三个儿子开始到丛林中行走,兰恩、芒格、鸟儿看到了,开始四处传播消息。丛林中到处流传着一个谣言,说丛林中某某处发现更美的青草和水源。所有的动物都跑来了,在人的耕田里大吃大喝。几乎一夜之间,庄稼所剩无几。

就在一个漆黑的夜晚,哈蒂和他的三个儿子悄悄来到寨门前,三两下就把寨门的柱子弄断了。

守夜人看到大象像一阵风一样卷进村庄,成群结队的鹿、野猪也跟着乱踩乱拱,狼凄厉的吼叫夹杂其中,他们

第五章 丛林吞噬村庄

把这个村庄及田地全包围了。天亮前,只留出一个缺口,食肉动物网开一面,把食草动物都放回了丛林。

天亮后,村民们看到所有的庄稼已被毁坏,意味着要么等着饿死,要么外出逃荒。等到他们把水牛赶到牧场吃草时,发现牧草也被抢食一空。村民们没办法,只好往丛林深处寻找食物,他们和他们的牲口不得不与丛林居民为伍了。

那天晚上,村民们在田野里点燃了篝火,只得在野外睡觉。哈蒂和他的三个儿子在残余的垃圾之间搜索,凡是他们去过的地方,基本再不用去第二遍了。村民们原来储存下来的粮食也被他们踩得乱七八糟,与泥土、兽粪掺杂在一起。

村里的那位祭司说话了,他说,这是村民们冒犯了丛林里的诸神,才遭此一劫。

但是,离开土地并不是件容易的事。人们把家里能吃的东西全部吃光了,还想在丛林中寻找坚果充饥。但是,丛林中到处晃悠着狼等野兽的影子,常常把他们吓得跑回那些断墙后面。后来,野兽们夜夜到村庄走动,甚至白天也不回避,公然行走在大街上。村民们实在没法生活,先是年轻人沿着米苏亚夫妇逃走的路线去寻找新的乐土去了。后来,当地人见动物们迟迟不肯离开,便也陆续沿着那条逃生之路跑到英国人的领地,去寻求庇护去了。那些男

丛林传奇

人和女人带着孩子，穿过热带雨林，逃往异乡。当最后一名居民撤出时，回头看到一只光溜溜的鼻子高高地举起来，将剩余的屋顶全部拆散。一阵阵轰鸣过后，村里最后一堵墙应声倒下。轰隆隆的雷声响起，滂沱大雨把这里所有的东西都化成了黄泥浆，如同当年波特普邦被捣毁的庄稼一样。

很快，这个地方长出了葫芦、青草。雨季来临一个月后，高低不平的地面上覆盖了一层嫩绿色的植被。雨季过后，这里已充满丛林气息的勃然生机了。谁能想到，六个月前这里还有人在耕种呢？

"丛林会吞噬一切的！"一个平静的声音传来，哈蒂淡淡地说，"我的牙齿还冒着波特普邦的怒火，小的们，我们又多了一块征服的土地。"

莫格里笑了，他跳到一棵树上，快乐地向着太阳升起的地方眺望。

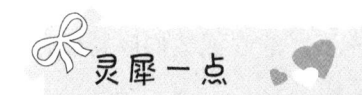

灵犀一点

善有善报，恶有恶报。那些想伤害莫格里和米苏亚夫妇的村民终于遭到丛林居民的驱逐，被迫离开家乡。这也再次提醒我们，人和动物应该和谐相处。

第五章 丛林吞噬村庄

附：

莫格里对抗人之歌

我要让藤蔓把你们赶走，
我要号召丛林踏破你们的防线！
丛林将会覆盖你们的家园，
房倒屋塌就是废墟一片。
要让苦味扑鼻的达克花开放，
把一切都遮盖得看不见天。
在你们的会议树下我和同伴唱歌，
在你们的谷仓，蝙蝠要把身藏，
蛇将是寨门新的看守，
守在废弃的火炉旁。

攻击者是谁你根本看不见，
不等月亮升起，我们全都占领。
狼要做牧人把你们来看管，
守在那消失的地界边。
我要以主人的身份收割你们的庄稼，
你们的耕牛也成了野鹿，
它们在荒地上尽情地玩耍，

丛林传奇

达克花定会开满你们的家园。
我放开弯脚的藤蔓把你们驱赶,
让大片丛林横扫你们的阵线,
树木草丛长在你们身上,
房倒屋塌废墟一片。
我要让达克花开遍原野,
把你们遮盖看不到天。